탈무드

탈무드

3판 1쇄 발행 | 2024. 2. 16
3판 1쇄 인쇄 | 2024. 3. 5

옮긴이 | 이동민
일러스트 | 이일선
펴낸이 | 박옥희
펴낸곳 | 도서출판 인디북
등록일자 | 2000. 6. 22
등록번호 | 제 10-1993호
주 소 | 서울시 마포구 신수로 25-12 1층(현석동)
전 화 | 02)3273-6895 팩 스 | 02)3273-6897
E-mail | indebook@hanmail.net

ISBN 978-89-5856-059-3 03800

Talmud
탈무드

이동민 옮김

인디북

TALMUD

반성하는 자가 서 있는 땅은

가장 위대한 랍비가 서 있는 땅보다 중요하다

1. 탈무드의 교훈

2. 탈무드의 지혜

3. 탈무드의 명언

4. 탈무드란 무엇일까

1

탈무드의 교훈

그렇다면 나도

전선에 배속된 부대장에게 손님이 왔다.
부대장이 그 손님과 함께 식사를 하고 있을 때
당번 사병이 맥주를 날라 왔다.
부대장이 그 사병에게 물었다.

"사병들 마실 것도 있는가?"
"아닙니다. 오늘은 맥주가 적어서 여기만 들여왔습니다."

그러자 부대장이 말했다.
"그렇다면 오늘은 나도 마시지 않기로 하지."

강자란 자기 자신에게 권력을 휘두르는 사람이다 | L. A. 세네카 |

동물에서 천사까지

어떤 제자가 신성한 것에 관해 랍비에게 질문했다.

"신성하다는 것이 무엇인가요?"

"그것은 무엇을 먹느냐 하는 것과 섹스를 어떻게
하느냐는 것이지."

"그러면 돼지고기를 먹지 않는다든가, 어느 때에는 섹스를
하지 않는다든가 하는 그런 것을 뜻하는 것인가요?"

랍비가 설명했다.

"집에서 혼자 식사할 때는 그가 무엇을 어떻게 먹는지
다른 사람들로서는 알 수가 없다네. 하지만 다른 사람과
식사할 때는 모든 것을 알 수 있지.

집에서 식사할 때나 섹스할 때, 인간은 동물이 될 수도
천사가 될 수도 있는 것일세. 바로 이럴 때 자기 자신을
높일 수 있는 사람이 진정 신성한 사람인 것이지."

남은 될 수 있는 대로 용서하고 자기 자신은 결코 용서하지 말라 | 푸블릴리우스 시루스 |

두 개의 머리를 가진 아이

한 교수가 '민족'에 대한 강의를 하던 중, 학생들에게
다음과 같은 질문을 던졌다.
"만일 두 개의 머리를 가진 아기가 태어났다면,
이 아기를 한 사람으로 세어야 하는가,
아니면 두 사람으로 세어야 하겠는가?"
그러자 한 학생이 손을 들어 말했다.
"머리가 둘이라 할지라도 몸이 하나라면
한 사람으로 세어야 합니다."
또 다른 학생이 말했다.
"머리 하나를 한 사람으로 세어야 합니다."
이에 교수는 다음과 같은 답을 내렸다.
"만약 한쪽 머리에 뜨거운 물을 부었을 때,
다른 쪽 머리도 비명을 지른다면 한 사람인 것이고,
다른 쪽 머리가 아무렇지도 않은 표정으로 있다면
이것은 두 사람인 것이다."

실재의 완전한 본질은 지각의 흐름 속에서 부여된다 | H. 제임스 |

한 사내가 자기 방앗간을 차리면서 이웃집 주인에게
물레방아를 빌렸다. 그리고 대신 임대료로 이웃집의
곡식을 모두 찧어 주기로 약속했다.

그후 살림이 넉넉해진 이웃집 주인은 물레방아를 몇 개
더 샀기 때문에 곡식 찧는 일을 방앗간에 의뢰할 필요가
없었다. 그래서 어느 날 방앗간에 가서 이렇게 말했다.

"이제부터 곡식은 내가 직접 찧겠으니
물레방아 임대료는 돈으로 주시오."
"그럴 수는 없소."

사내가 눈을 동그랗게 떴다.

"우리 계약은 엄연히 곡식을 빻아 주기로 돼 있었소.
돈으로 줄 수가 없소."

옥신각신 끝에 두 사람은 재판관을 찾아가 판결을 의뢰했다.
재판관의 판결은 이러했다.

"만일 방앗간 주인이 돈을 지불할 능력이 없다면,
계약대로 임대료 대신 곡식을 빻아 주어야 하오.
하지만 방앗간 주인이 일을 열심히 해서
임대료를 돈으로 지불할 능력이 있다면
임대료는 돈으로 지불해야 하오."

재판관은 똑같은 귀를 가져야 한다 | 영국속담

형제애

마을의 어떤 형제는 우애가 각별하기로 소문나 있었다.
그런데 어머님이 돌아가신 후, 재산 분배 문제를 놓고
어머님의 유언에 대한 해석 차이로 그 틈이 벌어졌다.
형제는 서로를 헐뜯고 반목하다가 결국 말도 안 하고,
같이 있기조차 하지 않으려고 들었다.
형은 아우를 잃고 아우는 형을 잃어버릴 지경이었다.
이에 그들은 평소 어머니가 존경해 마지않았던
랍비를 찾아가 저마다 한탄을 늘어놓았다.

먼저 형이 말했다.
"이번 일로 동생을 잃어버리고 말았습니다."

동생도 입을 열었다.
"다툴 의도는 전혀 없었는데, 결국 형을 잃고 말았어요."

두 사람의 이야기를 듣고 난 랍비는 그들 형제를
여러 사람이 모이는 회의석상에 초청했다. 평소라면

얼굴도 마주치지 않고 서로 외면했을 두 사람이었지만
초청한 사람의 성의를 생각해서 자리에 앉아 있었다.
랍비는 다음과 같은 이야기를 들려주었다.

"옛날에 두 형제가 살고 있었습니다. 형은 결혼해서
아내와 아이가 있었고, 동생은 아직 미혼이었습니다.
두 사람은 부모님이 돌아가시자, 재산을 둘로 나눈 뒤
모두 부지런히 농사를 지었습니다. 가을이 되어
과일과 곡식을 수확하자, 그것을 공평하게 분배하여
각자의 창고에 넣었습니다.

그런데 그날 밤, 동생은 생각했습니다.
'형에게는 형수와 조카가 있어서 생활이 어려울 거야.
내 몫을 좀 갖다 드려야겠어.'
한편 형은 형대로 또 다른 생각을 했습니다.
'나는 아내와 아이가 있으니까 만년에 걱정이 없지만,
동생은 혼자뿐이니 저축을 해야 할 거야.'

그리고는 서로 각자의 창고에서 상당한 양을 꺼내
상대방의 창고에 갖다 넣었습니다.

아침이 되어 형제가 각각 창고에 가 보니 수확물이
조금도 줄지 않은 게 어제와 똑같았습니다.

다음날 밤도, 또 그 다음날 밤도 이런 일이 되풀이되어
나흘째 밤이 되었습니다. 형과 동생은 자기의 수확물을
들고 서로 상대방의 창고로 나르다가, 도중에서 마주치고
말았습니다. 형제는 깜짝 놀라 수확물을 내팽개치고는
서로 부둥켜안고 울었습니다. 서로가 서로를 얼마나
끔찍이 사랑하고 있는지를 알게 된 것입니다."

이 이야기를 들은 형제는 오랜 시간의 반목을
얼음처럼 녹이고 예전의 우애를 되찾게 되었다.

친구도 형제도 없는 사람은 팔에도 손에도 힘이 없다 이탈리아 속담

아이를 지킨 개

모두들 외출한 집에 개 한 마리가 집을 지키고 있었다.
그 집에는 커다란 우유 통이 있었는데 독사 한 마리가
어슬렁거리다가 우유 통에 빠지고 말았다. 독사는
허우적거리다가 간신히 빠져나갔지만 그 치명적인 독은
우유 속에 섞이고 말았다. 그 사실은 개만이 알고 있었다.
가족들이 돌아왔다. 아이가 우유 통에 가까이 다가오자
개가 무섭게 짖어 댔다. 그래도 가족들은 개가 왜 그렇게
소란을 피우는지를 알 수 없었다.
아이가 우유를 마시려 할 때, 갑자기 개가 덤비는 바람에
우유가 모두 엎질러지고 말았다. 개는 그것을 핥아먹었다.
그리고는 곧 죽어 버렸다. 그제야 가족들은 그 우유에
독이 들어 있었다는 것을 알았다. 가족들은 개를
끌어안고 모두 슬픔에 잠겼다.

충(忠)이란 제가 할 수 있는 바를 다하는 것을 이름이요. 성(誠)이란
있는 힘을 다해서 일한다는 뜻이다 [조지훈]

당나귀와 다이아몬드

나무꾼은 날마다 산에서 나무를 져다가
먼 장터에 갖다 팔았다.
그런데 어느 날, 늘 지게에 지고 먼 거리를 걸어다니자니
너무 시간이 많이 소비된다는 생각이 들었다.
그래서 장터의 상인에게서 당나귀 한 마리를 사 왔다.
그리고는 당나귀를 깨끗이 씻기려고 냇가로 끌고 갔다.
당나귀를 씻기던 중 갈기에서 큰 다이아몬드 한 개가 떨어졌다.
나무꾼은 다이아몬드를 들고 장터의 상인에게 달려가
돌려주었다. 그러자 상인이 말했다.
"당신이 그 당나귀를 샀고, 다이아몬드는 그 당나귀에
붙어 있었으니 굳이 돌려줄 필요가 있나요?"
"아니오, 나는 당나귀를 산 일은 있어도 다이아몬드를
산 적은 없소. 내가 산 물건만 갖는 것이 정당한 일이오."

하느님께서는 가짜 저울을 역겨워하시고 바른 저울추를 좋아하신다 구약성서

위기를 극복한 부부

결혼해서 10년 된 부부가 있었다. 그들은 금실이 좋았고
표면적으로는 매우 행복하게 보였다.

그러나 그들에게도 남모르는 고민이 있었다.
결혼한 지 10년이 되도록 그들에게 아이가 없자,
주위 친척들이 이혼하라는 압박을 가하고 있는 것이었다.

남편과 아내는 모두 헤어지기가 싫었다.
그러나 가족들의 압력이 너무 강했기 때문에,
남편은 고민에 빠져 옛 스승을 찾아갔다.

그는 아내를 너무나 사랑하기 때문에 설사 이혼을
하더라도 아내에게 굴욕감을 주지 않고 평온하게
헤어지기를 원하고 있었다.

옛 스승이 말했다.
"아내를 위해 성대한 파티를 열고 그 자리에서 10년간

자네와 함께 살아온 아내가 얼마나 훌륭했는가를
여러 사람들 앞에서 치하하게나."

"알겠습니다. 그렇게 하면 모두들 제가 아내를
조금이라도 싫어하기 때문에 헤어지는 것이 아니라는 걸
알게 되겠지요. 그런데 전 사랑하는 아내에게 선물을
주고 싶습니다."

"무엇을 주고 싶은가?"

"아내가 진심으로 오래도록 소중하게 간직할 수 있는
것을 주고 싶습니다."

"그렇다면 파티가 끝날 무렵, 아내에게 묻게나. '내가
가지고 있는 모든 것 중에서 당신이 갖고 싶은 것
한 가지만 말하시오. 그것이 무엇이든 선물로 주겠소.'
하고 말일세."

옛 스승은 어린 시절의 제자를 돌려보내고 제자의
아내에게 무언가 귀띔을 해 주었다.
마침내 파티가 끝날 무렵 남편은 스승이 일러 준 대로
아내에게 물었다. 그러자 아내가 대답했다.

"저는 당신을 선물로 갖고 싶어요."

두 사람은 서로를 껴안았다. 이혼은 취소되었고
그 뒤에 그들 사이에는 두 아이가 태어났다.

사랑받는 것은 타 버리는 것, 사랑하는 것은 어둔 밤을 밝힌 램프의
아름다운 빛, 사랑받는 것은 꺼지는 것, 그러나 사랑하는 것은
긴 긴 지속……! | R. M. 릴케 |

질문과 대답

스승의 질문과 제자의 대답이다.

"사람의 입은 하나인데 귀는 둘이다. 왜 그렇겠는가?"
"이야기하는 것보다 더 많이, 잘 들어야 한다는 뜻입니다."

"사람의 눈은 흰 부분과 검은 부분으로 이루어져 있다.
그런데 왜 검은 부분으로 세상을 보는 것일까?"
"그것은 세상을 어두운 면에서 보는 편이 좋기 때문입니다.
밝은 면에서 보면 지나치게 자신에 대해서 낙관적인
사고방식을 갖게 되기 때문에 그로 인해 교만해지지 않도록
경계하기 위함입니다."

자기 자신에게 있어서 개인이 완전하다는 것은 전체에 대해서 완전히
관여하는 것이다 | S. A. 키에르케고르 |

그는 부당한 대우를 해 주는 회사에 대해 항상 불만이었다.
마침내 회사 사장에게 불평을 말할 권리가 있다고
생각한 그가 사장 앞에 나아갔다.

"나는 이제까지 부당한 대우를 받아 왔습니다.
회사를 위해 뼈가 빠지도록 일해 왔으니,
퇴직금이나 받고 그만두겠습니다."

그러자 사장은 사장대로 불만을 토로했다.
"자네는 지금까지 꾀만 부리고 성실하지 못해서
파면시키려고 하던 참인데, 퇴직금은 무슨 퇴직금이야!"

그러던 어느 날, 그는 회사 공금을 횡령하고,
비밀 서류를 빼내어 외국으로 도망갔다.
그가 어디로 도망쳤는지는 누구도 알 수가 없었다.
그런데 한달쯤 뒤에 외국의 어느 도시에서 숨어 살던
그를 회사 직원이 발견하게 되었다. 회사 사장은

비행기표를 한 친구에게 건네며 그를 만나 달라고
간곡히 부탁했다.
그래서 사장 친구는 비행기를 타고 그를 찾아갔다.
어렵게 그를 만난 사장 친구는 간곡하게 그를
설득하려고 했다.

"어쩌자고 그런 짓을 하였소?"
그러자 그가 퉁명스럽게 말했다.
"나는 내 자유대로 행동했을 뿐이오."

사장 친구는 자기가 알고 있는 이야기를 그에게
들려주었다.

"많은 사람들이 같은 배를 타고 항해하고 있었답니다.
그런데 한 사나이가 자기가 앉아 있는 배의 바닥에
끌로 구멍을 뚫고 있었습니다. 사람들이 깜짝 놀라서
아우성을 치자 그는, '여기는 내 자리니까 내 마음대로

해도 괜찮다.'고 태연하게 말했답니다. 결국 사람들은
모두 물 속에 가라앉고 말았지요."

사장 친구의 말을 조용히 듣고 난 뒤 그는 돈과 서류를
건네주었다.
그는 얼마 후 회사로 돌아가 사장과도 많은 이야기를
하고, 당초 그가 바라던 만큼은 아니지만 어느 정도의
퇴직금을 받게 되었다.

조직과 사회는 양심 위에 서는 것이요, 과학 위에 서는 것은 아니다.
문명은 최초의 도덕적 산물이다 J. J. 루소

아이의 친모

지혜의 왕, 솔로몬에게 어느 날 두 여인이 찾아왔다.
한 어린아이를 안고 온 그녀들은 서로 자기의 아이라고
다투면서, 그 아이가 누구의 아이인지를 판결해 달라고
청원했다.
솔로몬 왕은 여러 가지를 조사했지만 결국 어느 쪽
여인의 아이인지 알 수가 없었다. 솔로몬 왕은
그 어린아이를 칼로 잘라 이등분하라고 명령했다.
그러자 한 여인이 갑자기 미칠 듯이 울부짖으며 소리쳤다.
"그렇게 하려면 차라리 아기를 저 여인에게 주십시오."
솔로몬 왕은 그 여인에게 말했다.
"아기의 진짜 어머니는 당신이오. 자, 아기를 데려가시오."

참지혜는 항상 인간을 침착하게 하며, 바른 균형을 잃지 않고
사물을 관찰하게 한다 │ 임어당 │

사자 목의 가시

짐승의 뼈가 사자왕의 목에 걸렸다. 동물의 왕, 사자는
목구멍에 걸린 뼈를 꺼내 주는 자에게는 큰 상을
내리겠다고 말했다.

그러자 학이 날아와 사자를 구해 주겠다고 말했다.

학은 사자의 입을 크게 벌리게 하고, 머리를 그 사자의
입 속으로 넣어 사자의 목구멍에 걸린 뼈를 긴 주둥이로
뽑아냈다. 그리고는 말했다.

"사자님, 어떤 상을 주시겠습니까?"

그러자 사자가 화를 버럭 내며 말했다.

"내 입 속에 머리를 집어넣었다가 살아난 것만 해도
큰 상인 줄 알아라. 너는 그런 위험한 처지에서 살아
나온 것을 남들에게 자랑할 수가 있고, 또한 살아가면서
힘든 상황에 처할 때는 이것을 생각하며 위로를
삼을 수도 있지 않느냐. 그러니 다른 상이 또 무엇이
필요하겠느냐?"

**인간이나 동물이나 비열한 족속들은 이익이 되지 않으면 절대 약속을
지키지 않는다** | M. 세르반테스 |

부부싸움

어떤 남자가 부부싸움을 하고 아내와 함께 친구를
찾아갔다. 친구는 아내를 잠시 다른 곳에 머무르게 하고
친구와 자리를 함께 했다.

친구는 그의 이야기를 듣고 그의 말에 모두 찬성하여
수긍하고, 그의 주장을 모두 인정했다. 그러고 나서는
그의 아내의 이야기를 듣고 그녀가 말하는 것을
수긍하면서, 그녀의 말이 모두가 옳다고 찬성했다.

두 사람이 돌아간 뒤 친구의 아내가 물었다.
"당신은 남편의 말을 들었을 때도 그의 말이 전부
옳다고 수긍하시더니, 아내의 말을 들었을 때에도
그녀의 말이 전부 옳다고 수긍하셨습니다. 두 사람이
각각 전혀 상반되는 말을 하는데도, 어째서 두 사람의
주장이 다 옳다고 할 수 있습니까?"
"당신의 말이 가장 옳소."
"당신의 뜻을 알게 해 주세요."

"두 사람이 마찰을 일으켰을 때, 이 사람이 옳고
저 사람이 틀렸다고 말한다면 상황은 더욱 악화될
뿐이라오. 우선 상황을 냉각시키는 일이 중요하지요.
그러기 위해서는 쌍방의 주장을 시인해 줌으로써
서로 냉정을 되찾고, 서서히 화해할 분위기를
만들어 주는 것이오."

싸움은 말리고 불은 끄라고 했다. 약간의 거짓말쟁이가 되지 않으면
좋은 중재인이 되지 못한다 | 한국 속담 |

진짜 아들

남편이 항상 타관을 돌아다니는 어떤 부부에게
두 아들이 있었다. 그런데 한 아이는 아내가 부정하게
낳은 아들이었다.

어느 날 남편은 아내가 다른 사람에게 비밀스럽게
말하는 소리를 들었다. 두 아들 중 한 아이는 다른
아버지의 아들이라는 것이었다. 그러나 어느 아들이
자기 아들인지는 알 수가 없었다.

그후, 그는 중병에 걸렸다. 그는 자기가 죽을 것을
예견하고 자기의 핏줄을 타고난 아들에게 자기의
전 재산을 준다는 유서를 썼다.

그가 죽자 그 유서는 재판관에게 넘겨졌다. 재판관은
죽은 남자의 핏줄을 가려내야만 했다. 궁리 끝에
재판관은 두 아들을 아버지의 무덤으로 불렀다.

그리고 몽둥이로 아버지의 무덤을 힘껏 내리치라고
말했다. 그러자 한 아들이 울면서 말했다.

"저는 도저히 아버지의 무덤을 치지 못하겠습니다."

재판관은 이 아들이 그의 친자식이라는 판단을 내렸다.

착한 사람의 입은 지혜를 속삭이고 그 혀는 정의만을 편다. 그 마음에는 하느님의
법이 새겨져 있으니 그의 발걸음이 흔들리지 아니하리라 ｜구약성서｜

목숨을 구한 작은 선행

작은 보트를 가진 한 사나이가 있었다. 그는 해마다
여름철이면 보트에 가족을 태우고 호수를 저어 가
낚시를 즐겼다.

어느 해 여름이 끝나자 그는 배를 보관해 두려고
땅 위로 끌어올렸는데 배 밑에 작은 구멍이 하나
뚫려 있었다. 아주 작은 구멍이었다. 그는 어차피
겨울 동안은 배를 육지에 놓아둘 것이므로 내년 봄에나
수리해야겠다고 생각하며 그대로 내버려 두었다.

그리고 겨울이 오자 그는 페인트공을 시켜서
보트에 페인트를 새로 칠하게 했다.

이듬해 봄은 유난히 일찍 찾아왔다. 그의 두 아들은
빨리 보트를 타고 싶다며 성화를 부렸다. 그는 보트에
구멍이 뚫린 것을 까마득히 잊어버리고 아이들에게
보트를 타도록 승낙했다.

그로부터 두 시간이 지난 후에 그는 배 밑에 구멍이
뚫려 있었다는 기억이 번개처럼 떠올랐다. 아이들은
아직 수영에 익숙하지 못했다.

그는 누군가에게 구원을 청할 생각으로 급히 호수로
달려갔다. 그런데 그때 두 아들은 배를 끌고 돌아오고
있었다. 그는 안도의 한숨을 내쉬며 두 아들을 포옹한 다음,
배를 조사했다. 그런데 누군가가 배의 구멍을
막아 놓았던 것이다.

그는 페인트공이 배를 칠할 때, 그 구멍까지 고쳐 준
것이라고 생각하고 선물을 들고 그를 찾아갔다.
페인트공이 놀라며 말했다.

"제가 배에 칠을 했을 때 대금은 지불해 주셨는데
왜 이런 선물을 주십니까?"

"배에 작은 구멍이 뚫려 있는 것을 당신은 페인트칠을
하면서 발견하고 막아 주셨지요. 올여름에 그것을
고쳐서 사용할 생각이었는데 깜빡 잊어먹고 있었답니다.
당신은 내가 그 구멍을 수리해 달라는 부탁도 하지
않았는데 깨끗이 수리를 해 주었소. 당신은 불과
몇 분 안에 그 구멍을 막았겠지만, 덕분에 우리 아이들의
생명을 구해 주셨소."

행이란 타인의 얼굴에 미소를 가져오는 행위다 | 마호메트 |

걱정해야 할 사람

그는 전부터 친구에게 많은 돈을 빌렸었다. 마침내
친구의 빚 독촉이 시작되었다. 내일 아침까지는 어떤
일이 있어도 갚아야만 했다. 그런데 그의 주머니에는
한 푼도 없었다.

그는 걱정이 되어 잠을 이루지 못했다. 침대에서
뒤척거리다가 방 안을 서성거리기도 했다. 그 모습을
보며 아내가 물었다.

"여보, 대체 왜 그러세요? 무슨 근심이 있으세요?"

"내일 빌린 돈을 갚아야 하는데, 한 푼도 없으니
어찌해야 할지 모르겠소."

"당신도 참 딱하시구려. 그렇다면 오늘밤 정작 잠을
못 이루고 서성거려야 할 사람은 그 친구잖아요."

약속이란 어리석은 자가 뒤집어쓰는 올가미다 | B. 그라시안 이 모랄레스 |

부자와 현인

스승과 제자의 대화이다.

"부자와 현인 중 어느 쪽이 위대합니까?"
"그야 말할 것도 없이 현인 쪽이지."

"그렇다면, 왜 부자의 집에는 학자나 현인들이
드나드는데 현인의 집에는 부호가 시중들고
있지 않는 건가요?"
"현인은 영리해서 돈이 필요하다는 것을 잘 알고 있다.
그러나 부자는 현인으로부터 지혜를 배워야 한다는 것을
모르고 있기 때문이지."

부자가 되는 길은 세 가지밖에 없다. 근면과 증여(贈與)와 도둑이다.
그런데 근면한 자가 얻는 몫이 왜 그렇게 적은가 하는 분명한 이유는,
거지와 도둑이 너무 많이 차지하기 때문이다 | H. 조지 |

우는 까닭

깊은 산중에 훌륭한 은둔자가 살고 있었다. 그는 고결한
행실과 친절하고 자애심이 두터운 인격으로 모든
사람들에게서 존경받고 있었다. 늘 세심한 주의력으로
한 마리의 개미도 밟지 않도록 조심해서 걸었고,
자연의 그 어떤 피조물에도 피해를 주지 않으려
신중하게 생활해 나아갔다. 제자들도 물론 그를
대단히 존경하고 있었다.

80세가 지나자 그의 육체는 점점 쇠약해져 갔다. 그도
그 사실을 깨닫고, 자기의 죽음이 가까워졌음을 알았다.
제자들이 그의 머리맡에 모이자 그가 울기 시작했다.
제자들은 깜짝 놀라 물었다.

"선생님 왜 우십니까? 선생님께서는 공부하시지 않거나,
제자들을 가르치시지 않은 날이 단 하루도 없었습니다.
또한 늘 자선을 베푸셨고, 이 나라에서 가장 존경받고
계십니다. 더구나 정치 같은 더러운 세계에는
단 한 번도 발을 들여놓으신 적도 없으십니다.
선생님께서는 우실 이유가 없는 것 같은데

어찌하여 그리 슬피 우시는지요?"

"그래서 나는 울고 있다네. 나는 죽는 순간 내 자신에게
'그대는 공부를 했는가?', '그대는 자비를 베풀었는가?',
'그대는 옳은 행실을 했는가?' 하고 묻는다면,
나는 전부 '그렇다.'고 대답할 수 있네. 하지만
'그대는 인간의 일반적인 생활에 참가했는가?' 하고 묻는다면,
나는 '아니오.'라고 대답할 수밖에 없네.
그래서 나는 울고 있다네."

평범한 것을 매일 평범한 기분으로 행하는 것이 비범이다 | A. 지드 |

47

두 사람이 랍비에게 상담하고자 찾아갔다. 한 사람은

그 고장에서 제일가는 부자이며, 또 한 사람은

가난한 사람이었다.

두 사람은 대기실에서 기다리고 있었다.

더 일찍 온 부자가 먼저 랍비의 방으로 들어갔다.

그리고 한 시간이 지나서 방에서 나왔다.

다음에 가난한 사람이 방으로 들어갔다. 그와의 면담은

5분으로 끝났다. 가난한 사람은 언짢은 생각이 들어

랍비에게 항의했다.

"부자와의 면담은 한 시간이나 걸렸습니다. 그런데 저는

단 5분이 걸렸을 뿐입니다. 이것이 공평한 건가요?"

"진정하세요. 당신은 자신의 가난함을 알고 있었지만

부자는 자신의 마음이 가난하다는 것을 알기까지

한 시간이나 걸렸답니다."

사실 부자야말로 재산의 노예가 아닌가 | 영국 속담 |

법만 알아서

대법원 판사가 어느 날 친구에게 돈을 빌렸다.

친구는 돈을 빌려 주면서 한 가지 단서를 달았다.

"차용 증서를 쓰고 증인을 세워 서명해 주게."

"아니, 자네 날 못 믿겠다는 건가? 난 오랫동안 법을 연구하고, 법을 지키며 살아온 사람일세."

"바로 그 점이 염려되는 걸세. 자넨 법을 연구하고만 있어서 마음에 법이 가득하네. 그래서 빚 같은 건 쉽게 잊어버릴 수 있기 때문이지."

산속에 있는 열 놈의 도둑은 잡아도 제 마음속에 있는 한 놈의 도둑은 못 잡는다. 마음이 풀어져야 하는 일이 즐겁다 | 한국 속담

훌륭한 제자

한 랍비가 제자를 초대해서 함께 저녁식탁에 앉았다.
랍비가 제자에게 말했다.
"우선 기도문부터 외워라."

그러나 제자는 몇 줄밖에 외우지 못했다.
다른 기도문은 물론이고 이제까지 가르친 내용들마저도
거의 외우지를 못했다.

랍비는 화가 나서 제자를 꾸짖었다. 식사가 끝나자
제자는 풀이 죽어 돌아갔다.

며칠 뒤 랍비는 그 제자에 관한 소문을 들었다.
그가 환자를 돌보아 주고, 가난한 사람들에게
많은 선행을 베풀고 있다는 이야기였다.
순간 랍비는 부끄러운 생각이 들었다. 그는 제자들이
모이자 이렇게 말했다.

"마음속 생각은 행동으로 나타나게 되어 있다네.
하지만 몇만 권의 책을 읽어서 많은 지식을 갖고
있다 해도 마음을 경작하지 않는다면 단지 알고 있는
것에 불과할 뿐이라네."

옛사람이 말을 함부로 하지 않은 것은, 몸소 실천함이 따르지 못할까
두려워하였기 때문이다 논어

한 사나이가 현인에게 질문했다.
"당신은 어떻게 해서 현인이 되셨나요?"

그가 대답했다.
"글쎄요, 식용유보다 등유에 더 많은 돈을 썼더니
현인이라 부르더군요."

진리를 탐구하기 시작함으로 말미암아 참다운 인생은 시작된다. 희생 없이
인생의 행복을 구하기란 무익한 일이라는 것을 알라 G. E. 레싱

나라를 지키는 학교

어떤 마을에 이웃나라의 유명한 학자가 찾아왔다.
그 마을의 대표가 그를 안내하여 안보 상태를 확인시켜
주었다. 변방을 돌아보니 어떤 곳에는 병사들이
들어 차 있는 작은 진지가 있고, 어떤 곳에는 울타리가
쳐져 있었다. 그 마을의 대표가 그를 데리고 숙소로
돌아왔을 때 학자가 말했다.

"나는 아직 이 나라가 어떻게 지켜지고 있는가를
보지 못했습니다. 나라를 지키는 것은 병사가 아니라
학교입니다. 왜 나를 제일 먼저 학교로 데리고
가지 않았습니까?"

한 국가의 운명은 그 나라 청년 교육에 달려 있다 ｜아리스토텔레스｜

자선의 방법

사회적으로 저명한 두 친구가 거리를 걷다가
거지를 만났다. 한 친구가 거지에게 돈을 주었다.
그러자 옆에 있던 친구가 말했다.
"그렇게 사람들이 보는 앞에서 돈을 주려면
차라리 안 주는 편이 좋았을 걸세."

너희는 일부러 남들이 보는 앞에서 선행을 하는 일이 없도록 하여라.
그렇지 않으면 하늘에 계신 아버지에게서 아무런 상도 받지 못한다 <small>구약성서</small>

행복과 불행

어떤 마을에 한 가난한 농부가 살고 있었다.

그는 어느 날 마을의 랍비를 찾아가 눈물을 글썽이며
호소했다.

"우리 집은 게딱지만한데 아이들은 주렁주렁 딸린
데다가, 제 아내만한 악처는 다시 없을 것입니다.
아마도 이 나라에서 가장 악처일 겁니다.
아, 저는 어떡하면 좋을까요?"

"자네 염소를 가지고 있는가?"

"물론이죠."

"그렇다면 염소를 집 안에 들여놓고 기르게나."

농부는 의아한 얼굴을 하고 돌아갔다. 그런데 이튿날
다시 찾아와 말했다.

"견딜 수가 없습니다. 악처에다 염소까지……!
더는 못 참겠습니다."

"닭을 기르고 있는가?"

"물론입니다."

"그럼 닭을 전부 집 안에 들여 기르게나."

사나이는 또다시 의아한 표정으로 돌아갔다.

그리고는 이튿날 또 찾아왔다.

"이젠 세상이 끝장입니다!"

"그렇게 괴로운가?"

"마누라에다, 염소에다, 열 마리 닭에다! 오오!
하느님 맙소사!"

"그럼 염소와 닭을 모두 밖으로 내몰고 내일 또 한 번
찾아오게나."

이튿날 그 가난한 농부는 다시 찾아왔다.

이번엔 혈색도 좋고 마치 황금의 산에서 나온 것처럼
두 눈이 번쩍번쩍 빛나고 있었다.

"염소와 닭을 모두 내몰았습니다. 집은 이제 궁전
못지않습니다!"

마술은 내 마음에 있다. 내 마음이 지옥을 천국으로 만들 수 있으며,
천국을 지옥으로 만들 수도 있다. 그러므로 자연의 비밀을 풀어
인류의 행복에 기여하라 ｜ T. A. 에디슨 ｜

거지와 현인

어떤 마을에 태도가 경건하고 정직한 사람이 있었다.
그는 평소 현인이나 성인들을 만나고 싶어했기 때문에
열심히 모든 것을 올바르게 행하며 그들이 오기를
기다렸다.

한달 두달, 반년이 지났다. 그러나 현인은 찾아와
주지 않았다.
어느덧 일년이 지났다. 그는 여전히 날마다 그들을
기다리고 있었다.

하루는 누더기를 걸친 거지 하나가 찾아왔다.
"하룻밤만 신세를 지게 해 주세요."

그는 성인을 기다리던 중에 거지가 찾아오자 실망스런
목소리로 말했다.
"여기는 여관도 식당도 아니오."
"밥이라도 한술만……."

그는 애원하는 거지를 내쫓아 버렸다. 그의 늙은
아버지는 아들의 몰인정한 소행을 보고 이렇게 말했다.

"그 사람이 바로 네가 오랫동안 기다렸던 현인일지도
모르는데……."

현자가 어리석은 자로부터 배우는 것은, 어리석은 자가 현자에게
배우는 것보다 많다. 왜냐하면 현자는 어리석은 자의 실책을 보고
이를 피할 수 있지만, 어리석은 자는 현자의 행위를 보고서도
아무 얻는 바가 없기 때문이다 ┃ M. P. 카토 ┃

너무 늦다

눈먼 거지가 인적이 드문 거리의 모퉁이에 앉아 있었다.
마침 그곳을 지나가던 두 사나이가 거지를 발견했다.
한 사나이는 동전을 꺼내 그에게 주었지만, 한 사나이는
아무것도 주지 않았다. 그러자 갑자기 죽음의 사자가
나타나 두 사나이에게 말했다.

"이 가엾은 거지에게 동전을 베푼 자는 앞으로 50년
동안만 나를 두려워하면 된다. 그러나 자선을 베풀지
않은 한 사람은 곧 죽게 될 것이다."

그러자 동전을 주지 않았던 사나이가 당황하며 말했다.

"지금 당장 돌아가서 그 거지에게 동전을 베풀고
오겠습니다."

"아니다, 배를 타고 바다로 나아갈 때에 배 밑바닥에
구멍이 뚫렸는지 아닌지를 미리 조사한 사람과 이미
바다에 나간 다음 조사하는 사람이 똑같을 수 있겠는가?"

인간의 허위는 두 가지 옷을 입고 나타난다. 하나는 위선(僞善)이요,
하나는 위악(僞惡)이다. 악하면서 선한 체하는 것이 위선이요,
악하지 않으면서 악한 체하는 것이 위악이다 | 안병욱 |

선생님이 칠판에 써 놓은 문제를 가리키며 학생들에게
질문했다.
"2분의 1 더하기 2분의 1은 얼마가 됩니까?"
그러자 그 학급에서 성적이 제일 좋은 학생이 먼저
손을 들어 말했다.
"선생님, 2분의 1입니다."

교사가 깜짝 놀라며 말했다.
"2분의 1에 2분의 1을 더했는데 어째서 2분의 1이 되지? 반쪽
과 반쪽을 더하면 얼마가 되는지 다시 한 번
생각해 보아라."

그러자 학생은 또 잠시 생각하고 나서 대답했다.
"역시 2분의 1입니다."
선생님은 좀 짜증스럽게 종이 한 장을 내밀었다.
"자, 선생님 앞에서, 여기에 써 보아라."
학생이 종이 위에 '$\frac{1}{2}+\frac{1}{2}=\frac{1}{2}$'이라고 썼다.

"어째서 2분의 1이 되니?"

"분자의 1과 1을 더하면 2가 되고, 분모의 2와 2를 더하면 4가 됩니다. 결국 답은 4분의 2가 되니까 약분하면 2분의 1이 되잖아요."

깜짝 놀란 선생님은 이번에는 사과를 가지고 와서 둘로 쪼개며 설명했다.

"여기 반쪽과 반쪽의 사과가 있다. 이걸 더하면 어떻게 되지?"

"그야 물론 한 개의 사과가 됩니다."

"사과의 경우는 하나가 되고, 종이 위에서 계산하면 왜 2분의 1이 되지? 사과를 보면, $\frac{1}{2}+\frac{1}{2}=1$이라는 것이 증명된 게 아니니?"

학생은 또 종이 위에 $\frac{1}{2}+\frac{1}{2}=\frac{1}{2}$이라고 쓰고 말했다.

"실제로는 확실히 하나가 됩니다만 종이 위에서
이론적으로 증명하면 2분의 1밖에 되지 않습니다."

이론과 실천은 분리될 수 없다. 구원이나 자유에 도달하기 위해서는
우리는 알아야 하고 올바른 이론을 갖고 있어야 한다.
그러나 우리가 행동하고 투쟁하지 않는 한 알 수 없다 | E. 프롬 |

자선의 네 가지 유형

자선에 대한 네 가지 유형의 태도가 있다.

1. 자진해서 돈이나 물품을 남에게 주지만, 다른 사람이
   자기처럼 돈과 물품을 내놓는 것은 좋아하지 않는다.

2. 다른 사람이 자선을 베풀기를 바라면서
   자기는 자선을 베풀려고 하지 않는다.

3. 자기도 기꺼이 자선을 베풀고 남들도 자선을
   베풀기를 바란다.

4. 자기도 자선 베풀기를 싫어하고, 다른 사람이
   자선 베푸는 것도 싫어한다.

첫 번째 유형은 질투가 많은 사람이고, 두 번째 유형은
자기를 저하시키는 사람이며, 세 번째 유형은 선량한
사람이고, 네 번째 유형은 완전한 악인이다.

솔로몬 왕과 여왕개미

솔로몬 왕은 어느 날 하느님으로부터 굉장한 선물을
받았다. 그것은 비단으로 짠 카펫이었는데, 그것을 타면
하늘을 날아 어디든지 갈 수가 있었다.

솔로몬 왕은 그 덕분에 아침식사와 점심식사를 각각
서로 다른 나라에서 즐기는 꿈같은 나날들을 보내고
있었다. 그런 자신이 스스로도 위대해 보였다.

그는 모든 동물과 벌레의 말을 알아들을 수 있었다.
하루는 그가 융단을 타고 하늘을 날고 있을 때,
아래에서 말하는 여왕개미의 목소리가 들려왔다.
"융단의 사나이가 위에서 날고 있으니까
모두 숨도록 해!"

솔로몬 왕은 땅 위로 내려와 여왕개미를 붙잡고 물었다.
"넌 왜 모든 개미들에게 내게서 숨으라고 말했지?"
"그건 세상에서 당신이 가장 위대하다고 착각하고

있기 때문입니다. 그것은 아주 위험하고 무서운
생각이지요."

솔로몬 왕은 여왕개미를 보고 웃으며 말했다.
"내가 진짜 위대하다는 것을 보여 주겠다. 넌 너무
작아서 나처럼 높이 날 수는 없을 것이다."

솔로몬 왕은 여왕개미를 초대하여 융단에 태우고
날아올랐다. 하늘 높이 올랐을 때, 여왕개미는 왕의
머리 위를 윙윙 날아다니며 말했다.
"보세요. 내가 더 높이 날잖아요."

무지에 쌓여 있으며, 스스로 현명하고 학식이 있다고 망상하는 자는
위험하다. 그러한 바보는 맹인에게 인도되는 맹인과 다를 것이 없다 | 우파니샤드 |

여자의 질투심

서로 친구지간인 남자들이 모여 아내들의 질투심에 대해
이야기하고 있었다. 문득 한 남자가 물었다.

"이브도 아담에게 질투를 느꼈을까?"

오랫동안 진지한 토론이 계속되는 가운데
결론이 나왔다.

"이브는 질투를 느꼈을 것이다. 질투가 따르지 않는
사랑은 있을 수 없으며, 질투하지 않는 여자도 있을 리가
없으니까. 이브는 아담이 돌아오면, 언제나 그의
갈빗대를 세어 보았을 것이다."

악마가 천사의 동생인 것처럼, 질투는 사랑의 누이이다 | S. J. 드 부플레

수다쟁이

한 마을에 수다쟁이 사나이가 살고 있었다. 그는
쉴새없이 혼자서만 떠들어 대며 상대방에게 좀처럼
말할 기회를 주지 않았다.

하루는 이 사나이가 이웃마을의 대표를 찾아와 말했다.
"우리 마을의 장이 당신을 욕하더군요."
"천만에, 그럴 리가 없소!"

그는 벌떡 일어서면서 거듭해서 외쳤다.
"아니오, 내 이 귀로 똑똑히 들었는걸요."
"그럴 리가 없어. 무엇보다 당신과 대화를 하면
그 사람은 한마디도 말할 겨를도 없었을 테니까."

진실한 말은 아름답지 않고, 아름다운 말은 미덥지 않다 | 노자(老子)

신자와 선인은 다르다

어떤 마을에 스스로 경건한 신자임을 자처하면서
예배당에는 잘 다니고 있지만 실제 품행은 매우 나쁜
사나이가 있었다. 하루는 목사가 그를 불러 품행을
바르게 하라고 주의를 주었다.

그러자 그 사나이가 말했다.

"나는 정해진 날에는 꼬박꼬박 예배당에 다니는
경건한 신자인뎁쇼."

"여보게나, 동물원에 매일 간다고 해서 사람이 동물이
되는 건 아니잖은가?"

**이성은 바깥쪽으로 움직이고 타인에게로 열린다. 마음은 안쪽으로
열리고 자신에게로 열린다** | B. S. 라즈니쉬 |

선과 악

존경하는 스승에게 제자가 물었다.

"경건한 자가 사람들에게는 올바르게 살도록 강권하지
않는 것은 무슨 까닭입니까?"

"그들은 항시 착한 일을 행하고 올바르게 살도록
사람들에게 권하고 있지 않느냐?"

"그러나 악한 자가 사람들을 악한 짓을 하도록 유혹하는
쪽이 훨씬 강한 힘을 가지고 있으며, 또 사람들을
악한 짓을 하도록 꾀어들여 패거리를 늘리고자 할 때에
우리들보다도 더욱 열심히 하고 있습니다."

"올바른 일을 행하고 있는 사람은 혼자 걷기를
두려워하지 않는 법이라네. 그러나 나쁜 짓을 하는 자는
혼자 걷기를 두려워하기 때문이지."

정의를 향한 신념이 가져다주는 최대의 열매는 마음의 평정이다 | 에피쿠로스 |

아키바가 임종을 앞두고 있었다. 학업성적이 꽤
우수했던 그의 아들이 아버지에게 말했다.

"아버님, 돌아가시기 전에 부디 아버님 친구들에게
제가 얼마나 학문을 잘 하는지, 얼마나 실력이 있는지
말씀해 주십시오."

"얘야, 나는 추천해 주지 않겠다. 평판이 곧 가장 좋은
소개장인 것이니까."

당신은 남이 당신을 좋게 생각해 주기를 원하는가? 그렇다면 그것을
입 밖에 내지 말라 | B. 파스칼 |

자신을 칭찬하는 이유

어떤 유명한 학자가 이웃 마을의 지도자가 되어 달라는
부탁을 받았다. 그는 그 마을에 도착한 뒤 숙소에
틀어박혀 몇 시간이 지나도 나오지 않았다. 새 지도자를
맞이하기 위한 환영회 시간이 임박하자 마을 대표가
그의 방으로 들어갔다.

문을 열자, 방 안을 서성거리며 무언가 큰 소리를 외치는
학자의 모습이 보였다.

"그대는 훌륭하다! 그대는 천재다!
그대는 생애 최고의 지도자이다!"

학자는 이렇게 큰 소리로 자기 자신에게 외치고 있었다.

마을 대표는 그에게 왜 그런 기묘한 행동을 하는지를
물었다. 그가 대답했다.

"여러분은 오늘밤 최고의 말로 나를 칭찬할 것이오.
나는 내가 겉치레 칭찬에 매우 약하다는 사실을 알고
있소. 그래서 거기에 익숙해지려고 연습하는 거라오.
게다가 누구든지 자기가 자신을 칭찬하는 것은
우스꽝스런 일이란 걸 알고 있지요. 그러니 지금 내가
한 말과 비슷한 말을 오늘밤에 듣게 되면 적어도 조금은
겸손하게 처신할 수 있게 될 것 아니겠소?"

머리를 너무 높이 들지 말아라. 모든 입구는 낮은 법이다 | 영국 속담 |

군사령관에게 연락병이 당도하여, 적에게 중요한 성채를
빼앗겼다는 보고를 했다.

군사령관은 눈에 쌍심지가 오르며 표정이 굳어졌다.

그러자 부인이 사령관을 자기 방으로 조용히 불러
말했다.

"저는 성채를 빼앗긴 것보다 더 나쁜 일을 당했답니다."

"그게 무슨 말이오?"

"저는 당신 표정에서 당신이 당황한 것을 읽었습니다.
성채야 당장 잃어버렸다고 하더라도 다시 빼앗을 수가
있습니다. 그러나 사령관이 용기를 잃는 것은 당신
군대를 전부 잃는 것보다도 훨씬 더 나쁜 것입니다."

높은 지위는 위인을 더욱더 훌륭하게 하고, 소인배를 더욱더 작게 한다

| J. 라 브뤼예르 |

가문 자랑

옛날에 가문이 좋은 여우와 천한 집안에 태어난 여우가
길에서 만났다. 가문이 좋은 여우와 천한 태생의 여우가
어디 있냐고 의아하게 생각해서는 안 된다. 정말로
핏줄이 좋은 인간이나 나쁜 인간이라는 것도 있을 턱이
없으니까.
아무튼 전통 있는 가문의 여우 도령은 또 한 마리의
여우에게 자기 집안을 자랑하였다.
그러자 또 한 마리의 여우가 대답했다.
"너의 집안은 너 하나로 끝이 나지만, 우리 집안은
나로부터 시작된다네. 나는 살아가는 방법이 중요하다는 걸
알고 있기 때문일세."

**너는 스스로를 지혜롭다 하는 자를 보았겠지만 그런 사람보다는
바보에게 희망이 있다** | 구약성서

허름한 옷차림의 가난한 학자 둘이서
이 고장 저 고장으로 여행을 하고 있었다. 한 고장에
도착했을 때, 그들은 먼저 부잣집 문을 두드려
재워 달라고 부탁했다. 그러나 부자는 두 사람의 행색을
훑어보고는 거절했다. 두 사람은 결국 그 고장의
자선가 집에서 머물게 되었다.

일년의 세월이 흘러 두 사람은 아주 고명한 학자가
되었다. 두 사람은 또 함께 여행을 하다가 전에 왔던
고장에 이르렀다. 마침 그들을 거절했던 부자를 만났다.
부자는 두 사람이 타고 있는 말이 훌륭한 종자라는 것을
알아차렸기 때문에 감동하고, 또 두 사람이 매우 고명한
학자임을 알고는 재워 주겠다고 자청했다. 그러자
두 사람은 부자의 제의를 한마디로 거절했다. 부자는
자기 집이 그 고장에서 제일 훌륭한 집이며, 그 고장을
대표하여 손님을 유숙시키고 있다고 덧붙였다.
두 학자는 이렇게 말했다.

"그렇다면 그 말씀이 고마우니, 이 말을 재워 주셨으면
합니다."

"말을? 당신들은 왜 싫다는 거죠?"

"실은, 우리들은 일 년 전에 가난하고 이름도 없던 시절에
이 고장을 지나게 되었는데, 당신 집 문을 두드렸다가
거절당한 일이 있습니다. 지금은 우리들의 좋은
옷차림과 훌륭한 말을 보고 재워 주시겠다는 것이지요.
그러니 이 두 마리의 말을 하룻밤 묵게 해 주셨으면
합니다."

물질적인 부와 정신적인 부는 반드시 병행하는 것이 아니기 때문에,
부유하면서도 가난한 자가 있는가 하면 가난하면서도 부유한 자가 있다

| 브라운슈바이크 |

제 우물에 침 뱉기

사나이는 자기 집 뜰의 돌멩이를 도로에 내다 버리고
있었다.

지나가던 노인이 물었다.

"왜 당신은 그런 짓을 하고 있는 거요?"

그러나 사나이는 웃기만 할 뿐 대답이 없었다.

20여 년이 지나서 이 사나이는 자기 땅을 팔게 되었다.

그런데 남의 손에 넘기고 다른 고장으로 가려고

첫발을 내딛는 순간, 전에 자기가 버린 돌멩이에 걸려

넘어지고 말았다.

자기가 한 일을 자신은 잊고 있어도, 그 결과는 반드시 자기에게
돌아오기 마련이다 탈무드

오해

한 사나이가 버스에 올랐다. 그가 빈자리를 찾기 위해
주위를 살펴보았더니 몸집이 절구통 같은 부인이
푸들 강아지를 데리고 의자를 둘씩이나 차지하며
앉아 있었다. 이 개가 한 사람 몫의 좌석을 점령하고
있던 것이다. 그는 몹시 피곤하고 지쳐 있었으므로
부인에게 양해를 구했다.

"미안합니다만, 이 좌석을 비워 주실 수 있으시겠습니까?"

그러자 부인은 못 들은 척하고 있었다. 그는 다시 한 번
말했다.

"죄송합니다만, 이 개 대신 저를 앉게 해 주십시오."

이번엔 부인이 머리를 옆으로 절레절레 내저었다.
사나이는 화가 나서 그 강아지를 버스 창 밖으로 내던졌다.
그러자 옆에 있던 사나이가 그를 한심한 듯 바라보았다.

"나쁜 건 강아지가 아니라 그 여자가 아니오?
당신은 엉뚱한 것에 화를 내고 있군요,
마치 엉뚱한 것을 칭찬하듯이 말이오."

오해, 이것이 역사를 만들어 낸다. 때로는 성자를, 때로는 영웅을,
때로는 반역자와 죄인을....... 오해의 밑바닥에 있는 것,
그것은 인간의 고독이다 | 이어령

옷이 화려한 이유

외국에서 학자가 이민을 왔다. 그의 복장은 매우
화려하고 훌륭했다. 그것을 본 한 젊은이가
그의 아버지에게 물었다.

"어째서 외국에서 온 학자들은 저렇게 호화스런 복장을 하고
있는 걸까요?"

"그건 그들이 대단한 학자가 못 되기 때문이란다. 그들은
훌륭한 옷이라도 입어서 사람을 위압하려는 것이지."

그러자 옆에 있던 할아버지가 말씀하셨다.

"아니다, 모두 잘못 알고 있구나. 저들이 저렇게 좋은
옷을 입고 있는 것은 그들이 다른 나라에서 이민 온
사람이기 때문이란다. 자기가 살았던 고장에서는
평판에 의해 사람을 헤아리지만, 밖에 나가면
의복에 의해서 평가되거든."

사람과 색유리 창문은 그것을 빛내는 아래서 판단을 해야 공평하다 | W. A. 워드

자물쇠

어머니는 자물쇠로 문을 잠그고 있었다. 옆에 서 있던
어린 아들이 말했다.

"나쁜 사람이 들어올까봐 그렇게 잠그는 거지요?"
"아니란다. 정직한 사람을 위해서 잠그는 거란다.
문이 열려 있으면 정직한 사람이라도 유혹을 받을 수
있기 때문이지."

인간의 행동은 모두 다음 일곱 개 원인의 하나 혹은 그 이상의 것을
가진다. 기회, 본능, 강제, 습관, 이성, 정열, 희망이 곧 그것이다 | 아리스토텔레스 |

2

탈무드의 지혜

상인의 지혜

어떤 상인이 도시로 물건을 사러 갔다. 며칠 후에
바겐세일이 있다는 사실을 알고, 그는 그때까지
기다렸다가 물건을 사기로 했다.

그러나 그는 많은 현금을 갖고 있었기 때문에
그것을 몸에 지니고 있는 것이 불안했다. 그는 조용한
곳으로 가서 그 돈을 전부 땅에 묻었다.

다음날 그곳에 가 보니 돈이 없어졌다. 이리저리 생각을
더듬어 보았지만 자기가 묻는 것을 본 사람은
아무도 없었으므로, 그는 어째서 돈이 없어졌는지를
알 수가 없었다.

그곳에서 조금 떨어진 곳에 집이 하나 있었다.
상인은 그 집 벽에 구멍이 뚫려 있다는 사실을 알게
되었다. 그는 틀림없이 그 집에 살고 있는 사람이
자기가 돈 묻는 것을 그 구멍으로 내다보고 있다가
후에 꺼내 간 것이라고 생각했다.

상인은 그 집에 살고 있는 노인에게 이렇게 말했다.
"노인은 도시에 살고 계시니까 머리가 영리하시겠군요.

제게 지혜를 좀 빌려 주십시오. 저는 물건을 사려고
이 도시에 왔는데, 지갑 두 개를 가지고 왔습니다.
하나에는 은화 5백 개가 들어 있고, 다른 하나에는
은화 8백 개가 들어 있습니다. 저는 그 작은 지갑을
남몰래 어느 곳에 묻어 두었습니다. 그런데 나머지
큰 지갑도 땅속에 묻어 두는 것이 좋을까요,
아니면 믿을 만한 사람에게 맡겨 두는 것이 좋을까요?"
그러자 노인은 이렇게 말했다.
"만일 내가 당신이라면, 다른 사람은 아무도 믿지
않겠소. 작은 지갑을 묻어 둔 곳에 함께 묻어 두겠소."
상인이 돌아가자 욕심쟁이 노인은 자기가 꺼내 온
지갑을 그곳에 도로 갖다가 묻어 놓았다. 상인은 그것을 지켜보
고 있다가 자기 지갑을 무사히 찾았다.

하느님께서 벌을 내리실 때는 우선 그 사람의 지혜부터 빼앗는다

| F. M. 도스토예프스키 |

포도밭의 여우

옛날에 여우 한 마리가 포도밭 주위를 맴돌며 어떻게든
안으로 들어가려고 골똘히 궁리하고 있었다. 울타리가 너무
촘촘하기 때문에 드나들기가 곤란했던 것이다.
결국 여우는 사흘 동안 단식을 해서 몸의 살을 빼고는
울타리 사이를 비집고 들어갔다. 포도밭에 들어간
여우는 포도를 마음껏 먹었다.
그런 다음 포도밭에서 나오려 했으나 배가 불러
울타리 사이로 빠져나올 수가 없었다. 여우는 할 수 없이
또다시 사흘을 단식했다. 배가 홀쭉해지도록 살을 뺀 후
여우는 포도밭을 빠져나왔다.
여우는 혼자 중얼거렸다.
"들어갈 때나 나올 때나 결국 배고픈 건 마찬가지로군."

인생도 마찬가지로, 누구나 맨몸으로 태어나 똑같이 맨몸으로 죽는다.
한 인간은 이 세상에 가족과 부와 선행, 이 세 가지를 남기고
죽게 되지만 선행보다 중요한 것은 없다 │탈무드│

막내의 마술 사과

시골에 삼 형제가 살고 있었다. 이들 형제에게는 제각기 한
가지씩 보물이 있었다. 맏형은 망원경, 둘째는 마술 양탄자,
셋째는 마술의 사과를 갖고 있었다.
한편 이 나라 왕에게는 사랑하는 외동딸이 있었는데
그 딸이 중병에 걸려 생사를 오락가락하고 있었다.
그래서 왕은 딸의 병을 고치는 사람은 사위로 삼고
다음 왕위를 물려주겠다는 포고문을 내걸었다.
시골에 살고 있던 맏형은 망원경으로 그 포고문을
보았다. 삼 형제는 서로 힘을 모아 공주의 병을 고쳐
보자고 다짐했다. 삼 형제는 둘째의 마술 양탄자를 타고
순식간에 궁궐에 도착했다. 그리고 막내의 마술 사과를
공주에게 먹이자 공주의 병이 말끔하게 나았다.
모든 사람들이 기쁨의 환호성을 질렀다. 왕은 그들을
위해 잔치를 열고 사위를 선택하기로 했다. 그런데
세 사람 중 누구를 사위로 삼아야 할지 난감했다.
맏형이 말했다.
"만일 내가 망원경으로 포고문을 보지 않았다면

이곳에 올 수 없었어."

그러자 둘째가 말했다.

"만일 내 마술 양탄자가 없었다면 이렇게 먼 곳까지
올 수는 없었지."

이번에는 막내가 말했다.

"만일 내 마술 사과가 아니었다면 공주의 병은 고치지
못했을 거야."

만일 당신이 그 나라의 왕이라면 공주에게 누구와
결혼하라고 하겠는가?

왕은 주저하지 않고 막내를 사위로 발표했다.

왜냐하면 맏형의 망원경과 둘째의 양탄자는 그대로
남아 있다. 하지만 막내는 사과를 공주에게 먹였기
때문에 아무것도 없게 되었다. 그는 공주를 위해
자신의 모든 것을 주었던 것이다.

추리하는 능력은 모두 갖고 있지만, 판단하는 능력은 소수의 사람들만
갖고 있다 | A. 쇼펜하우어 |

여성의 힘

선량한 인품을 지닌 부부가 어쩌다가 이혼을 했다.

남편은 곧 재혼했지만 안타깝게도 악한 여인을 만나게 되어

그는 새 아내와 똑같이 악한 사나이가 되었다.

아내도 곧 재혼을 했는데, 역시 악한 사나이를 만났다.

그러나 새 남편은 아내와 똑같이 선량한 사람이 되었다.

여자는 언제나 남자를 조종하기 마련이라는 적나라한 실례! | 탈무드

그릇 안에 담긴 것

현명하고 지혜로운 랍비가 있었다. 그러나 얼굴은
매우 못생긴 편이었다.

랍비는 어느 날 이웃나라의 공주를 만났다.

공주가 그를 보자마자 말했다.

"총명한 지혜가 못생긴 그릇에 담겨 있군요."

그러자 랍비가 말했다.

"공주님, 이 궁궐에 술이 있나요?"

"네."

"그 술은 어떤 그릇에 들어 있는지요?"

"평범한 항아리나 주전자 같은 그릇에 담겨 있죠."

"금그릇이나 은그릇도 많을 텐데 훌륭한 공주께서
어찌 그런 항아리 같은 보잘것없는 그릇을 쓰시나요?"

그러자 공주는 금그릇이나 은그릇에 담겨 있던 물을
보잘것없는 질항아리에 옮겨 담고, 항아리에 담겨 있던
술은 전부 금그릇과 은그릇에 옮겨 담았다.

그러자 술맛은 곧 변해 버렸고 마실 수가 없게 되었다.

왕이 화를 내며 소리쳤다.

"누가 이런 그릇에 술을 담았느냐!"

"그렇게 하는 편이 나을 것 같아 제가 옮겨 담았습니다.
용서하소서."

공주는 왕에게 사과를 한 뒤 랍비에게 돌아와

따져 물었다.

"당신은 어째서 내게 그런 일을 하라고 시키신 거죠?"

"저는 단지 공주님에게 가르쳐 드리고 싶었을 뿐입니다.
매우 귀중한 것도 때로는 싸구려 그릇에 넣어 두는 편이
나을 때가 있다는 사실을요."

인간의 가치는 피부에 있는 것이 아니므로 남의 피부를 대어 본다고
그 가치를 아는 것은 아니다 | H. D. 소로 |

꼬리와 머리

뱀의 꼬리는 틈만 나면 불평을 일삼았다. 언제나 머리가
가는 대로 따라다녀야만 했기 때문이다.
결국 어느 날 꼬리가 머리에게 퉁명스럽게 말했다.
"왜 난 언제나 네 꽁무니만 맹목적으로 따라다녀야 하고,
넌 언제나 나를 마음대로 끌고 다니는 거지? 이건 너무
불공평해. 나 역시 뱀의 일부분인데 언제나 노예처럼
끌려 다니기만 해야 한다는 건 말이 안 되잖아."
"넌 앞을 볼 수 있는 눈도 없고, 위험을 분간할 귀도
없고, 행동을 결정할 두뇌도 없잖아. 결코 난 나 자신을
위해서 그러는 게 아니라 너를 위해서 언제나
봉사하고 있는 거야."
꼬리가 큰 소리로 비웃으며 말했다.
"그 따위 말은 질리도록 들어 왔어. 어떤 독재자나
폭군도 모두 백성을 위한다는 명목으로
제멋대로 행동하고들 있지."
머리는 하는 수 없이 한 가지 제안을 했다.
"그렇다면 내가 하는 일을 네가 한번 맡아 해 보렴."

꼬리는 몹시 기뻐하며 앞에 나서서 먼저 움직이기
시작했다. 그러나 얼마 못 가서 뱀은 강물에 빠지고
말았다. 갖은 노력 끝에 뱀은 겨우 강물에서
빠져나왔다.

그런데 또 얼마 가지 않아 뱀은 가시덤불 속에 들어가고
말았다. 빠져나오려고 애를 쓰면 쓸수록 뱀은 가시에
점점 더 찔려 상처투성이가 되었다. 머리의 도움으로
간신히 빠져나온 꼬리는 앞장서서 나가다가 이번에는
불 속으로 들어가고 말았다. 몸이 뜨거워지자 꼬리는
두려움에 떨었다. 다급해진 머리는 필사적으로
빠져나가려고 했으나 때는 이미 너무 늦어 있었다.
꼬리와 함께 머리도 불에 타 버리고 말았다.

머리는 결국 맹목적인 꼬리로 인해 죽고 만다. 지도자는 언제나
꼬리와 같은 자가 아닌, 머리를 선택해야만 한다 | 탈무드 |

세 치 혀

어느 날 남편이 아내에게 시장에 가서 맛있는 것을
사 오라고 했다. 그러자 아내는 혀를 사 왔다.
며칠 후, 남편은 다시 아내에게, 오늘은 가격이 싼
것으로 사 오라고 했다. 그런데 아내는 또 혀를 사 왔다.
남편이 말했다.
"지난번에 맛있는 것을 사 오라고 했을 때도 혀를
사 오더니, 싼 것을 사 오라고 해도 또 혀를 사 왔으니
어찌 된 일이오?"
아내가 대답했다.
"혀는 잘 사용하면 더 이상 좋은 것이 없고,
잘못 사용하면 그보다 더 나쁜 것이 없기 때문입니다."

**사람은 비수를 손에 들지 않고도 가시 돋친 말 속에 그것을 숨겨
둘 수 있다** | W. 셰익스피어 |

일 솜씨가 뛰어난 노동자

왕의 포도밭에서 많은 노동자들이 일하고 있었다.
그중 한 노동자는 다른 노동자들보다 특히
일 솜씨가 뛰어났다.

어느 날 왕이 포도밭을 방문하여, 능력이 뛰어난
그 노동자와 둘이서 포도밭을 산책했다.

노동자들의 수고비는 날마다 지불되고 있었다.
마침내 하루 일이 끝나자 노동자들은 줄을 지어
수고비를 받으러 왔다. 노동자들은 모두 똑같은 급료를 받고
있었다. 그들 가운데 가장 능력이 뛰어난
그 노동자도 똑같은 수고비를 받았다.
그러자 다른 노동자들이 화를 내며 말했다.

"이 사람은 두 시간밖에 일하지 않고, 나머지 시간은
임금님과 함께 산책만 했습니다. 그런데도 그가 우리와
똑같은 수고비를 받는다는 것은 말도 안 됩니다."

그들의 항의에 왕이 대답했다.

"너희들이 하루 동안 한 일보다 더 많은 일을
이 사람은 두 시간 동안에 해냈다."

"......"

그 사람이 몇 해를 살다 갔는가가 중요한 것이 아니라
얼마만큼의 업적을 남겼는가가 중요한 것이다 │탈무드│

셋째 딸의 험담

어떤 홀아비가 세 딸과 함께 살고 있었다. 그는 딸들이
나이가 들수록 근심이 쌓이기 시작했다. 딸들이 모두
외모는 아름다웠지만 각자 하나씩 단점을 갖고 있었기
때문이다. 첫째 딸은 게으름을 피우고, 둘째는 남의 것을
자주 훔쳤으며, 셋째는 남을 험담하는 결점이었다.

한편 이웃 마을에 아들 삼 형제를 둔 부유한 사람이
있었다. 그가 세 딸의 아버지에게 자기 아들들과 혼인을
시키자고 청해 왔다. 세 딸의 아버지는 딸들의 결점을
조심스럽게 고백했다. 그러자 그는 자기가 책임지고
버릇을 고쳐 놓겠다고 약속했다.

마침내 세 자매와 세 아들은 결혼을 했다.
시아버지는 게으름뱅이 맏며느리에게는 하녀를
여러 명 고용해 주고, 도둑질하는 버릇이 있는
며느리에게는 큰 창고 열쇠를 내어주며 무엇이든
갖고 싶은 대로 가지라고 했다. 그리고 험담하기를

좋아하는 셋째 며느리에게는 매일 아침마다
"오늘은 남을 헐뜯을 것이 없느냐." 하고 물었다.

어느 날 친정 아버지는 딸들이 궁금해 사돈댁으로 갔다.
큰딸은 마음대로 게으름을 피며 살 수 있어 즐겁다고
했다. 둘째 딸은 갖고 싶은 것을 마음대로 가질 수 있어
행복하다고 말했다. 그러나 셋째 딸은 시아버지가
자기에게 무엇이든 캐물어서 괴롭다고 했다.

친정아버지는 셋째 딸의 말만은 믿지 않았다.
셋째 딸은 시아버지까지도 헐뜯고 있었기 때문이다.

당신 앞에서 누구의 험담을 하는 자는 언젠가는 누구 앞에서
당신 험담도 할 사람이다 | 스페인 속담 |

진정한 효도

금화 6천 개 값에 해당하는 큰 다이아몬드를 갖고 있는
어떤 사나이가 있었다.

어느 날 그 집에 궁궐에서 사람이 찾아왔다.

궁궐 장식으로 쓰기 위해 금화 6천 개를 가지고
다이아몬드를 사러 온 것이다. 그런데 공교롭게도
그의 아버지가 다이아몬드를 넣어 둔 금고의 열쇠를
베개 밑에 넣고 낮잠을 자고 있었다.

"아버지를 깨시게 할 수는 없습니다. 다이아몬드는
못 팔겠습니다. 죄송합니다."

궁궐에서 온 사람은 큰 돈벌이가 있는데도 잠자는
아버지를 깨우지 않는 그 대단한 효성에 감탄했다. 그는
궁궐로 돌아가 임금에게 사나이의 효도를 보고했다.
역시 크게 감탄한 임금은 그에게 많은 상을 내렸다.

'아비나 어미를 업신여기는 자에게 저주를' 하면 만백성은
'아멘' 하여라! 구약성서

술의 기원(起源)

최초의 인간이 포도나무를 심고 있었다.

그때 악마가 찾아와 물었다.

"뭘 하고 있는 거야?"

"굉장한 식물을 심고 있는 중이야."

"이건 처음 보는 식물인데."

"이 식물에는 아주 달고 맛있는 열매가 열린다구.

그리고 그 국물을 마시면 아주 행복해지지."

그러자 악마는 자기도 꼭 동업자로 넣어 달라고

부탁했다. 그리고는 양과 사자와 원숭이와 돼지를

끌고 와서 그것들을 죽여 피를 거름으로 주었다.

포도주는 이렇게 해서 처음으로 세상에 생겨났다.

술은 처음 마시기 시작할 때는 양처럼 온순하고,

조금 더 마시면 사자처럼 사나워지고, 조금 더 마시면

원숭이처럼 춤추고 노래를 부르며, 더 많이 마시면

토하고 뒹굴고 하면서 돼지처럼 추해진다.

이것은 악마가 인간에게 준 선물이었다.

입술과 술잔 사이에는 악마의 손이 넘나든다 | J. F. 킨트 |

유서 속에 담긴 지혜

홀로 아들을 키운 아버지는 아들이 장성하자
외국에 유학을 보냈다. 그런데 아버지가 중병에 걸리고
말았다. 아버지는 아무래도 아들을 만나지 못하고
죽을 것 같아 유서를 썼다. 유서의 내용은, 자기의
전 재산을 한 하인에게 물려주되, 아들이 원하는 것
한 가지만을 아들에게 주도록 하라는 것이었다.
아버지가 돌아가시자, 하인은 자신의 행운을 기뻐하며
아들에게 달려가 아버지의 부음을 전했다.
그리고 문제의 유서를 내보였다. 아들은 하인으로부터
충격적인 사실을 전해 듣고 몹시 슬퍼하는 가운데
유서의 내용을 읽고 당혹스러움을 감추지 못했다.
아버지의 장례를 치른 뒤, 아들은 스승을 찾아가 말했다.
"아버지는 왜 저에게 재산을 조금도 물려주시지
않았을까요? 제 기억에는 한 번도 아버지를 속상하게
해 드린 적이 없었는데, 무엇이 서운하셨던 걸까요?"
스승이 대답했다.

"자네 아버지는 참으로 현명한 분일세. 자네를 끔찍이
사랑하신 분이라는 걸 알겠어. 이 유서를 보면
그걸 알 수 있다네."

"하인에게 재산을 다 물려주시고 제게는 아무것도
남겨 주시지 않았는데도 말입니까? 저는 이것이
아버지의 애정을 조금도 느낄 수 없는 어리석은
행위로밖에는 생각되질 않습니다."

"자네는 아버지의 현명함을 배워야 하네. 자네가
아버지의 진정한 마음을 알았다면 자네에게 훌륭한
유산을 남겨 주셨다는 사실을 깨달았을 걸세.
자네 아버지는 임종할 무렵 자네가 집에 없기 때문에
하인이 재산을 가지고 도망가거나, 재산을 탕진하거나,
심지어는 아버지의 부음을 아들에게 전하지 않을지도
모른다고 생각하고 모든 재산을 하인에게 주신 걸세.
재산을 물려받은 하인은 기쁨에 넘쳐 자네에게

그 사실을 확인시켜서, 결국 재산이 고스란히 자네에게
돌아갈 것을 알고 계셨던 거네."

"아직도 전 그 뜻을 모르겠습니다."
"젊은 사람이라 아직 지혜가 미치지 못하는군. 하인의
재산은 모두 주인에게 속한다는 것을 자네는 모르는가?
자네의 아버지는 자네가 원하는 것 중 한 가지만은
자네에게 물려주신다고 분명히 말씀하시지 않았는가?
그러니 자네는 그 하인을 선택하면 되는 걸세. 이 얼마나
현명하고 애정이 넘치는 생각이셨는가 말일세."

그제야 젊은 아들은 아버지의 깊은 뜻을 깨닫고
스승의 말대로 한 다음 하인을 해방시켜 주었다.
그후로 젊은 아들은 늘 이렇게 말했다.
"역시 나이 많은 사람의 지혜는 당해 내지 못해."

자식에게 황금이 가득 든 큰 바구니를 남기는 것은, 한 권의 경서를
남기는 것만 못하다 | 班固 |

111

정의(正義)의 차이

어느 나라의 왕이 국민성이 우수하다는 이웃나라를
방문했다. 왕이 그 나라의 유명한 재판관과 함께
나라 안을 탐방할 때였다. 마침 두 사나이가
무슨 일인가를 상의하러 재판관을 찾아왔다.
사건의 경위는 이러했다.
한 사나이가 다른 사나이에게서 폐품을 샀는데
그 속에서 많은 돈이 나왔다. 그 사나이는 폐품을 판
사나이를 찾아가 말했다.
"나는 폐품을 산 것이지 돈까지 산 건 아니니,
이 돈은 마땅히 당신의 것이오."
그러자 폐품을 판 사나이가 말했다.
"무슨 말씀이오. 나는 당신에게 폐품 전체를 판 것이니,
그 속에 있는 건 모두 당신 것이오."
그래서 재판관은 판결을 내렸다.
"당신에게는 딸이 있고, 또 당신에게는 아들이 있소.
그들을 결혼시킨 다음 그 돈을 그들에게 주는 것이
정의에 맞겠소."

그들이 돌아가자 재판관은 이웃나라 왕에게 물었다.

"폐하의 나라에서는 이런 경우 어떻게 판결을
내리시는지요?"

이웃나라 왕이 대답했다.

"우리나라에서는 두 사나이를 죽이고 돈은 내가 갖소.
이것이 내게 있어서 정의입니다."

정의 : 충성, 세금, 개인적인 봉사에 대한 보수로서, 얼마간의 차이는
있더라도, 한 나라의 정부가 국민에게 파는 품질 나쁜 상품 | A. G. 비어스 |

언약의 증인

매우 아름다운 처녀가 가족들과 함께 여행을 하고
있었다. 그런데 잠시 혼자 떨어져 산책을 하다가
그만 길을 잃고 한참을 헤매게 되었다.
그렇게 헤매다 우물가에 도착했을 때 그녀는 목이
몹시 말랐다. 그녀는 두레박을 타고 우물 밑으로 내려가
물을 마셨다. 그러나 다시 위로 올라갈 방법이 없었다.
그녀는 도움을 청하다가 목놓아 울어 버리고 말았다.
그때 마침 한 청년이 지나가다 그 소리를 듣고 처녀를
구해 주었다. 그리고 두 사람은 사랑을 맹세하는 사이가
되었다. 그러나 며칠 후 청년은 길을 떠나야만 했다.
그들은 지금은 잠시 이별하지만 결혼하는 날까지
기다리며 서로의 사랑을 잘 지켜 나가자고 약속했다.
그러자 청년은 언약의 증인이 있었으면 좋겠다고
말했다. 마침 족제비 한 마리가 우물 곁을 지나
숲 속으로 달려갔다. 그러자 처녀가 말했다.
"저 족제비와 이 우물이 증인이에요."
그리고 두 사람은 헤어졌다.

그후 몇 년이 흘렀다. 처녀는 청년을 기다리고 있었지만
청년은 먼 지방에서 다른 아가씨와 결혼하여
아들을 낳고 행복하게 살고 있었다.
그러던 어느 날 그 아이가 놀다가 풀밭에 누워 잠시 잠이
들었을 때 족제비 한 마리가 나타나 아들의 목을 물어
그만 죽고 말았다. 아이의 부모는 몹시 슬퍼하며
아들을 장사지냈다.
그뒤로 그들은 또다시 아들을 낳았다. 그 아이가 한동안
잘 크는 듯싶더니 어느 날 우물곁으로 다가갔다.
아이는 우물에 비친 여러 가지 모습을 재미있게
쳐다보다가 그만 우물 속에 빠져 죽고 말았다.
그제야 아이의 아버지는 옛날 처녀와의 언약을 기억해
내었다. 그는 아내에게 고백하고 처녀가 기다리고 있는
마을로 돌아왔다. 처녀는 그때까지 결혼하지 않고
기다리고 있었다.

당신은 꿈꾸셨던가, 저 빛나고 아름답던 날들을 그 영원한 약속
이루고자 그대 오신 그날을 | C. P. 보들레르 |

복수와 미움

한 남자가 이웃집 사나이에게 말했다.

"솥을 좀 빌려 주세요."

그러나 사나이는 안 된다면서 거절했다.

얼마 후 거절했던 사나이가 찾아와 말했다.

"말을 좀 빌려 주시오."

남자는 이렇게 대답했다.

"당신이 솥을 빌려 주지 않았으니

나도 말을 빌려 줄 수 없소."

이것은 복수이다.

한 남자가 상대방 사나이에게 말했다.

"솥을 좀 빌려 주세요."

사나이는 안 된다며 거절했다.

얼마 후 거절했던 사나이가 찾아와 말했다.

"말을 좀 빌려 주시오."

남자는 이렇게 대답했다.

"당신은 솥을 빌려 주지 않았지만

나는 당신에게 말을 빌려 주겠소."

이것은 미움이다.

선과 악의 동행

거대한 홍수가 나서 세상을 물로 뒤덮었다. 선(善)은
모든 동물들이 노아의 방주로 몰려드는 것을 보고
자신도 살기 위해 헐레벌떡 달려왔다. 그러나 선은
노아의 제지로 배에 오를 수가 없었다.
"짝이 있어야만 배에 탈 수가 있습니다."
할 수 없이 선은 다시 돌아와 짝이 될 대상을
찾아다녔다. 결국 선은 악(惡)을 찾아 같이
방주로 돌아왔다.
그 이후로 선과 악은 항상 동행하는 짝이 된 것이다.

선에는 항상 악이 섞여 있다. 극단적인 선은 악이 된다.
그러나 극단적인 악은 아무런 선도 되지 않는다 ㅣ J. 에디슨

훗날의 열매

노인은 뜰에 묘목을 심으며 잘 자라 주기를 바라고
있었다. 그때 지나가던 사나이가 그 모습을 보고
노인에게 물었다.
"노인장께선 언제쯤 그 나무에 열매가 열릴 거라고
생각하십니까?"
"60년쯤 지나야 열리겠지."
"그런데 노인께서는 그때까지 사실 수 있으시겠어요?"
사나이의 질문이 무엇을 뜻하는지 꿰뚫어 볼 수 있었던
노인이 대답했다.
"물론 그때까지 난 살 수 없겠지. 하지만 내가 태어났을 때,
우리 집 과수원에는 과일이 주렁주렁 열렸었다네.
그건 내가 태어나기 훨씬 이전에 나의 할아버지께서
우리를 위해 나무를 심어 주셨기 때문일세. 나도
내 할아버지처럼 똑같은 일을 하고 있을 뿐이라네."

미래에 대한 무지는, 신이 정한 영역을 메우기 위한
고마운 선물인 것이다 A. 포프

불청객

한밤중에 어떤 단체에 예기치 않은 문제가 발생했다.
회원들은 내일 아침 여섯 시에 긴급회의를 소집하여
문제를 해결하기로 했다.
다음날 아침, 회의실에 모였을 때 회원은 모두 일곱
사람이었다. 여섯 사람의 회동이었는데 누군가
부르지 않은 한 사람이 온 것이다. 회장은 일곱 명
가운데 누가 불청객인지 알 수가 없었다.
회장이 말했다.
"여기에 나오지 말아야 할 사람은 당장 돌아가시오."
그러자 그들 중에서 가장 유능하고 가장 필요한 사람이
나가 버렸다.
그는 부름을 받지 않은 채 잘못 알고 나온 일곱 번째
사나이에게 굴욕감을 주지 않기 위해서
자신이 나가 버린 것이다.

밀알 하나가 땅에 떨어져 죽지 않으면 한 알 그대로 남아 있고,
죽으면 많은 열매를 맺는다 | 구약성서 |

소경의 등

한 남자가 깜깜한 밤길을 걸어가고 있었다.

그런데 맞은편에서 소경이 등불을 들고 걸어왔다.

남자는 소경에게 물었다.

"당신은 앞을 보지 못하는데 왜 등불을 들고 가십니까?"

소경이 대답했다.

"나는 보지 못하지만 눈뜬 사람들은 소경이 걸어가고

있다는 것을 알 수 있기 때문이지요."

삶의 기쁨은 크지만, 자각 있는 삶의 기쁨은 더욱 크다 | J. W. 괴테 |

가정의 평화를 위해서

설교를 매우 잘 하기로 유명한 랍비가 있었다.

매주 일요일이면 몇백 명이나 되는 사람들이

그의 설교를 들으러 왔다.

그들 중에는 일요일마다 단 한 번도 빠지지 않고

그의 설교를 들으러 오는 여인이 있었다.

어느 날 랍비는 오랜 시간 설교를 했고 그 여인은

아주 늦게 집으로 돌아갔다. 그런데 남편이 문을 잠그고

열어 주지 않았다.

"어디 갔다 오는 거야?"

남편이 집 안에서 큰 소리로 물었다.

"랍비님의 설교를 듣고 왔어요."

"그 랍비 얼굴에 침을 뱉고 오기 전까진 집에 들어올

생각도 하지 마!"

남편에게 쫓겨난 여인은 하는 수 없이 친구 집에 머물렀다.

그 소문을 들은 랍비는 자기의 설교가 너무 길어

한 가정의 평화를 파괴했다고 여겨 마음속 깊이

자책하게 되었다.

어느 날 랍비는 그 여인을 불러 자신의 눈이
몹시 아프다고 말했다.

"침을 바르면 약이 된다는데, 당신이 침을 좀
발라 주시오."

여인은 할 수 없이 랍비의 눈에 침을 뱉었다.

여인이 돌아가자 랍비의 친구가 물었다.

"무슨 연유로 그 여인에게 침을 뱉게 한 건가?"

그러자 랍비가 대답했다.

"가정의 평화를 유지하기 위해서는 그보다 더한
일이라도 해야 하는 걸세."

가정을 잘 경영해 내지 못하는 여자는, 집에 있어서 행복하지 않다.
그리고 집에 있어서 행복하지 못한 여자는, 어디로 가든지
행복할 수 없다 | L. N. 톨스토이 |

세 가지 현명한 행위

평소 자식에게 세 가지 현명한 행위를 해야만 유산을
물려주겠다고 말해 오던 어떤 학자가 있었다.
그런데 그만 여행하는 도중에 병이 들어 여관의 침대에
눕게 되었다. 그는 자신이 살아날 가망이 없음을 알고
여관 주인에게 유언했다.
"이제 곧 난 죽을 거요. 내 사망 소식을 듣고 자식이
찾아오거든, 내 소지품을 전해 주시오. 하지만 세 가지
현명한 행위를 하지 않거든 절대 내 소지품을 주어선
안 됩니다. 난 늘 내 자식에게 그렇게 말해 왔었으니까요."
학자가 죽자 여관 주인은 학자의 아들에게 소식을 전했다.
그러나 학자의 유언대로 여관 위치는 알려 주지 않았다.
아들은 아버지가 사망한 마을로 찾아갔다. 아들은 자신의
지혜로 여관을 찾아내야만 했다.
마침 나무꾼이 땔나무를 지고 지나가고 있었다.
아들은 나무꾼을 불러 땔나무를 산 뒤 말했다.
"이 나무를 여행 중이던 학자가 죽은 여관으로
배달해 주시오."

그리고는 나무꾼의 뒤를 따라갔다.

여관 주인은 나무를 주문한 적이 없다고 말했다.

그러자 나무꾼은 뒤에 있는 아들을 가리키며 말했다.

"아닙니다. 저 젊은이가 이 나무를 사서 전해 주라고
했습니다."

이것이 그의 첫 번째 현명한 행위였다.

여관 주인은 죽은 학자의 아들을 저녁식사에 초대했다.

식탁에는 주인 부부와 각각 두 명의 아들과 딸,

모두 일곱 사람이 앉았다. 음식은 다섯 마리의 비둘기
요리와 한 마리의 닭 요리가 나왔다.

주인이 말했다.

"자, 그러면 이제 음식을 모두에게 분배해 주시지요."

"아닙니다. 그건 주인께서 나누어 주시는 것이
좋을 것 같습니다."

"아닙니다. 당신이 손님이니까 당신 좋으실 대로
나누어 주십시오."

그리하여 그는 음식을 나누어 주기 시작했다.
우선 비둘기 한 마리를 두 아들에게 주고, 또 한 마리는
두 딸, 그리고 또 한 마리는 주인 부부에게,
나머지 두 마리는 자기 몫으로 놓았다.
이것은 두 번째 현명한 행위였다.

그러나 주인은 몹시 못마땅한 표정이었다.
그는 닭 요리를 나누기 시작했다. 우선 머리를 떼어
주인 부부에게 주고, 두 다리를 두 아들에게, 두 날개는
두 딸에게, 그리고 나머지 큰 몸통은 자기 몫으로 놓았다.
그의 세 번째 현명한 행위였다.

그러나 주인은 화를 참지 못해 소리쳤다.
"당신네 마을에서는 이렇게 하오? 비둘기 요리를 나누어
줄 때는 참았지만 닭 요리를 나누는 걸 보니 더 이상
못 참겠군. 도대체 이렇게 예의 없는 행동이 어디 있소?"
죽은 학자의 아들은 말했다.

"전 애당초 음식 나누는 일을 거부했지만 주인께서
부탁하시기에 최선을 다해 나눈 것입니다. 그러면 제가
나눈 뜻을 말씀드리지요. 주인과 부인, 비둘기 한 마리를
합쳐 셋이고, 두 따님과 비둘기 한 마리를 합쳐 셋이고,
비둘기 두 마리와 나를 합쳐 셋이니, 이보다 더 공평하게
나눌 수는 없을 것입니다. 또한 주인 부부께서는 집안의
우두머리이시므로 닭의 머리를 드렸고, 두 아드님은
집안의 기둥이므로 다리를 주었고, 두 따님은 머지않아
날개가 돋아 시집갈 것이므로 날개를 주었습니다.
그리고 저는 배를 타고 이곳에 왔고, 또 배를 타고
돌아가야 하기 때문에 배처럼 생긴 몸통을 가진
것입니다. 노여움을 푸시고 이제 제 아버지의 유산을
내어주시지요."

어떤 사람을 현명한 사람이라고 하는가? 모든 것에서 배움을 얻으려는
사람을 말한다. 어떤 사람을 굳센 사람이라고 하는가?
자기 자신을 억제하는 사람을 말한다. 어떤 사람을 풍부한 사람이라고 하는가?
자기 소득에 만족을 느끼는 사람을 말한다 　탈무드

진정한 부자

배가 항해를 하고 있었다. 그 배의 승객 대부분은
상인들로서 모두 큰 부자들이었다.
승객 중에는 학자도 한 사람 있었다.
부자들은 자기들이 팔러 가는 물건을 비교하며
앞다투어 자랑하고 있었다. 부자 상인들 중 한 사람이
학자에게 물었다.
"당신은 무슨 물건을 팔러 가십니까?"
"제가 파는 상품은 가장 훌륭한 것이지요.
하지만 당신들에게 보여 줄 수가 없군요."
상인들은 그 학자가 잠든 사이에 그의 짐을 열어 보았다.
그러나 아무것도 나오지 않았으므로 상인들은
이 사람이 좀 별난 사람이 아닌가 하고 속으로 웃었다.

그런데 목적지에 닿을 무렵 갑자기 배가 뒤집혀
부자 상인들의 재산이 물에 잠기고 말았다.
다행히 사람들은 모두 무사한 채로 육지에 낳았다.

131

학자는 학교에서 강연을 했다. 그러자 사람들은 곧 그가 매우 뛰어난 학자라는 사실을 알게 되었다. 그래서 그는 그 고장에서 매우 존경을 받고 재산도 모으게 되었다. 이것을 보고 상인들은 탄복하며 말했다.

"당신 말이 옳았어요. 우리들은 재산을 잃었지만, 당신의 상품은 당신이 살아 있는 한 잃어버릴 일이 없소. 지식을 가지는 건 모든 것 이상을 가지고 있는 것이었어요."

존재의 양식에 있어서 최적의 지식은 '더 깊이 아는 것'이다.
그러나 소유 양식에 있어서는 '더 많이 지식을 소유하는 것'이다.
지식은 도그마의 성질을 띠어서는 안 된다. 우리를 노예로 만들기 때문이다 [E. 프롬]

영원한 생명

시장(市場)을 찾아온 저명한 인사가 말했다.

"이 시장 안에는 영원한 생명을 약속하기에

합당한 사람이 있소."

그러나 시장 사람들이 아무리 보아도 그 시장 어디에도

그럴 만한 인물이 있는 것 같지는 않았다.

그때 저명인사는 두 명의 사나이를 가리키며 말했다.

"이 두 사람이야말로 많은 선행을 한 사람들이오.

영원한 생명을 받기에 족할 것이오."

사람들이 그들에게 물었다.

"당신들은 도대체 무슨 장사를 하고 있나요?"

그러자 그들이 대답했다.

"우리들은 어릿광대라오. 쓸쓸한 사람들에게는

웃음을 선사하고, 다투는 사람들에게는 평화를

가져다주는 광대라오."

인생이 눈물의 골짜기라면 무지개로 다리가 놓일 때까지 힘껏 웃어라! | L. 라르콤

천국과 지옥

한 사나이가 아버지에게 살찐 닭을 한 마리 잡아 드렸다.
"이렇게 통통한 닭은 어디서 났느냐?"
"아버지, 그런 걱정은 하지 마시고 어서 맛있게
많이 잡수세요."
그래서 아버지는 잠자코 있었다.

또 방앗간에서 쌀을 빻는 사나이가 한 사람 있었다.
그런데 왕이 전국의 방아꾼들을 소집한다는
포고령을 내렸다.

그는 아버지를 자기 대신 방앗간에서 일하게 하고,
자기는 왕이 있는 도성으로 갔다. 그는 왕이 강제로
소집한 노동자들에게 음식도 주지 않고 혹사시키는 것을
알고 있었기 때문에 아버지 대신 자기가 갔던 것이다.

결국 그는 죽어서 천국으로 갔다.

그러나 아버지에게 살찐 닭을 잡아 드린 사나이는
아버지가 묻는 말에 제대로 대답도 하지 않았다.
그래서 그는 지옥으로 갔다.

부모에게는 정성스런 봉양과 소일거리를 드리는 것이
무엇보다 큰 효도로 통한다.

우리 부모들은 우리들의 어린 시절을 꾸며 주셨으니, 우리는 그들의
말년을 아름답게 꾸며 드려야 한다 | A. 생텍쥐페리 |

세 친구

어느 날 한 사나이가 왕의 부름을 받았다. 그 사나이는
혹시 자신이 기억하지 못하는 죄가 있어 벌을 받게
되기라도 할까봐 혼자 가기를 두려워했다.
그런데 그 사나이에게는 세 친구가 있었다.
첫 번째 친구는 그 자신이 몹시 소중하게 여겨 왔기
때문에 그는 그 친구를 제일 친한 친구라고 생각하고
있었다. 두 번째 친구 역시 사랑하고 있었지만
첫 번째 친구처럼 소중하게 여길 정도는 아니었다.
그리고 세 번째 친구는 친구라고 생각은 했지만
별로 관심을 갖고 있지 않았다.

그는 먼저 가장 소중한 첫 번째 친구에게 가서
사정 이야기를 하고 함께 가 달라고 부탁했다.
그러나 그 친구는 이유를 말하지도 않고 거절했다.
"난 갈 수 없어."
이번에는 두 번째 친구에게 부탁했다.
"궁궐 문까지는 함께 갈 수 있지만 그 이상은

나도 갈 수 없어."

그러나 세 번째 친구에게 부탁했을 때 친구는 말했다.
"기꺼이 같이 가 주지. 자네는 아무 죄도 지은 것이
없으니까 조금도 두려워할 것 없네. 내가 함께 가서
임금님께 그렇게 말씀드려 주겠네."

첫 번째 친구는 재산이다. 두 번째 친구는 친척이고,
세 번째 친구는 자신의 선한 행위였다.

착한 행실은 평상시에는 눈에 띄지 않지만 죽은 뒤에도 영원히
그와 함께 있기 마련이다 ㅣ탈무드ㅣ

거미와 모기와 미치광이

다윗 왕에 얽힌 이야기이다.

다윗 왕은 평소에 거미는 아무짝에도 쓸모없는
벌레로서 장소도 가릴 줄 모르고 아무 곳에나 거미줄을 치는
더러운 동물이라고 생각하고 있었다.

그런데 전쟁 중에 그는 적군에게 포위되어 빠져나갈
길을 잃고 말았다. 궁여지책으로 어떤 작은 동굴로
피신했다. 그런데 그 동굴 입구에는 마침 한 마리의
거미가 거미줄을 치기 시작하고 있었다. 이윽고 그를
추격해 온 적군의 병사는 일단 동굴 앞까지 이르렀지만, 입구에
거미줄이 쳐져 있는 것을 보고는 동굴 안에
사람이 없으리라 생각하며 그냥 돌아가고 말았다.

또한 이런 일도 있었다.

다윗 왕은 적군의 장군이 잠자고 있는 방에 몰래 들어가
그의 칼을 훔쳐 온 다음, 이튿날 그를 감화시켜 전쟁을
끝내려는 전략을 세우고 있었다.

그리고 이렇게 말할 계획이었다.

"나는 당신의 칼을 가져올 수 있을 정도이니 마음만
먹었다면 당신을 죽이는 일쯤은 식은 죽 먹기였을 것이오."
그러나 그 기회가 좀처럼 오지 않았다. 그러던 어느 날 밤
그의 침실로 간신히 잠입해 들어가 보니, 칼이 장군의
발밑에 들어 있어서 꺼낼 수가 없었다. 결국 다윗 왕은
단념하고 돌아가려 했다.
그런데 바로 그때였다. 모기 한 마리가 날아와 장군의
발에 앉았다. 장군은 무의식중에 발을 움직였다.
그 순간 다윗 왕은 칼을 빼낼 수 있었다.

그리고 또 한번은 다윗 왕이 적군에게 포위되어
위기일발에 처했을 때였다.
그는 갑자기 미치광이 흉내를 냈다. 적군의 병사들은 설마 이
미치광이가 왕은 아니겠지 생각하고는 지나쳐 버렸다.

**무엇이든 세상에 쓸모없는 것은 없다. 아무리 하잘것없는 것이라도
소홀히 대해서는 안 된다** 탈무드

다섯 그룹으로부터 배우는 교훈

어떤 배가 항해를 계속하고 있었다. 그런데 바람이
강하게 불고 파도가 높게 일더니 심한 폭풍우가 몰아쳐 배는
항로를 잃고 말았다.
아침이 되자 바다는 다시 조용해졌고, 가까이에
아름다운 포구가 있는 섬이 있었다. 배는 포구에 닻을
내리고 잠시 동안 쉬어 가기로 했다.
그 섬에는 형형색색의 아름다운 꽃들이 만발해 있고,
먹음직스런 과일들이 주렁주렁 매달린 나무들이 신선한
녹음을 드리우고 있으며, 온갖 새들이 다정하게
지저귀고 있었다.
배에서 내린 손님들은 다섯 그룹으로 나뉘었다.

첫째 그룹은, 아무리 아름다운 섬이라 할지라도 빨리
자신들의 목적지로 가고 싶어했다. 그래서 그들이 섬에
올라가 있는 동안 순풍이 불어 배가 떠나 버릴지도
모른다는 생각에 아예 상륙조차 하지 않고
배에 남아 있었다.

둘째 그룹은, 서둘러 섬으로 올라가 나무 그늘 아래서
향기로운 꽃향기를 맡으며 맛있는 과일을 따 먹고
기운을 회복하자 곧 배로 돌아왔다.

셋째 그룹은, 아름다운 섬에 너무 오래 머물러 있었다.
그러다가 순풍이 불어오자 배가 떠날까봐 허겁지겁
돌아와서 소지품을 분실하고, 자기들이 앉았던
배 안의 좋은 자리를 빼앗기고 말았다.

넷째 그룹은, 순풍이 불어 선원들이 닻을 걷어 올리는
것을 보았지만, 돛을 달려면 아직 시간 여유가 있고,
선장이 자신들을 남겨 놓고 떠나지는 않을 것이라는
등의 이유를 붙여 그대로 섬에 있었다. 그러다가 막상
배가 포구를 떠나가자 허둥지둥 헤엄을 쳐서 가까스로 배에
올라갔다. 그때 바위나 뱃전에 부딪쳐 생긴
상처는 항해가 끝날 때까지 아물지 않았다.

다섯째 그룹은, 아름다운 경치에 도취된 채 계속해서
많은 열매를 먹고 있었다. 그래서 배가 출항을 알리는
종소리조차 듣지 못했다. 그들은 숲 속의 맹수들에게
잡아먹히기도 하고, 독이 있는 열매를 먹기도 하여
마침내는 전멸하고 말았다.

배는 인생에 있어서의 선행을 의미한다.
그리고 섬은 쾌락을 상징한다.

첫째 그룹은, 인생에서 쾌락을 전혀 맛보려고조차 하지
않았다. 둘째 그룹은, 쾌락을 조금 맛보았지만,
배를 타고 목적지까지 가야만 한다는 의무를 잊지
않았다. 이것이 가장 현명한 그룹이다. 셋째 그룹은,
쾌락에 지나치게 빠지지 않고 돌아오기는 했지만
역시 고생을 했으며, 넷째 그룹은, 결국 선행으로
돌아오기는 했지만 그것이 너무 늦어 목적지에
도착할 때까지 후유증이 아물지 않았다.

그러나 인간이 빠지기 쉬운 것은 다섯째 그룹이다.
일생 동안 허영을 위하여 살거나, 앞날의 일을
잊어버리고 살면서 달콤한 과일 속에 독이 들어 있는
것도 모르고 먹게 마련이다.

쾌락은 펼쳐진 양귀비 같아서 꽃을 쥐면 핀 꽃은 시든다.
또 쾌락은 강에 떨어지는 눈과 같아서 한순간 희지만
그다음엔 영원히 녹아 버린다 | E. 번스 |

참다운 이득

선인 몇 사람이 악인들과 마주쳤다. 그 악인들은
사람의 뼛속까지 먹어 치울 만한 인간들이었다.
세상에 그들처럼 교활하고 잔인한 인간은 없었다.
선인들 중 한 사람이 '그들 같은 인간은 모두 물에
빠져 죽어 버렸으면 좋겠다.'고 말했다. 그러자 선인들
중에서 가장 훌륭한 사람이 말했다.
"아니오, 그런 생각을 가져서는 안 되오. 아무리 죽어
버리는 편이 나을 만큼 그들이 악하다 하더라도, 그런
기도를 해서는 안 되오. 악인들이 죽기를 바라기보다는
악인들이 자신의 죄를 회개하기를 기도해야 하오."
악인을 벌하는 것은 내게 아무런 이득이 되지 않는다.
도리어 그들이 잘못을 뉘우쳐서 내 편이 되면
이익이 되는 것이다.

**조물주의 손을 떠날 때 모든 것은 착하고 어진 것이나 인간의 손에
의해서 그것이 악화된다** | J. J. 루소 |

사랑의 편지

젊은 사나이와 아름다운 아가씨가 사랑에 빠졌다.
사나이는 아가씨에게 평생 동안 성실할 것을 맹세하며
결혼했다.
두 사람은 얼마 동안 모든 일이 순조로워 행복한 나날을
보냈다. 그러던 어느 날 남편은 아내를 남겨 두고
여행을 떠났다. 아내는 오랫동안 남편이 돌아오기를
기다렸지만, 그는 돌아오지 않았다.
다정한 친구들은 아내를 동정했고, 그녀를 시기하는
여자들은 그가 절대로 돌아오지 않을 거라며 비웃었다.
아내는 일생 동안 성실할 것을 맹세한 남편의 편지들을
읽으며 울었다. 편지는 그녀를 위로해 주었고,
어려운 현실을 견뎌 낼 수 있는 힘이 되었다.
몇 해 후, 남편이 돌아왔다. 아내는 오랜 기다림과
슬픔의 세월을 그에게 호소했다. 남편이 물었다.
"그렇게 괴로웠는데 어째서 나만을 기다리고 있었소?"
그러자 아내가 웃으며 말했다.
"저는 이스라엘과 같으니까요."

이스라엘이 다른 나라의 지배를 받고 있을 때,

타국 사람들은 모두 유태인을 비웃었다.

또한, 이스라엘이 언젠가는 독립할 거라고 말하면

그들은 이스라엘의 현인들을 비웃었다.

그러나 유태인들은 오직 학교나 예배당에서 이스라엘을

지켜 왔다. 유태인들은 하느님이 주신 그 거룩한 약속을

믿고 살아왔다. 하느님은 그 약속을 지켰다.

결국 이스라엘은 독립했던 것이다.

인간은 행동을 약속할 수는 있어도 감정을 약속할 수 없다.
자기를 속이는 일 없이 영원의 사랑을 맹세하는 인간은 애정의 표시를 영원히
약속하는 것이다 | F. W. 니체 |

하느님이 남긴 것

하느님을 믿지 않는 어떤 사나이가 출세를 해서
자랑도 할 겸 옛 친구의 집을 방문했다. 그 친구는
하느님을 믿고 있었다. 친구에게 사나이가 말했다.
"하느님은 마치 도둑 같단 말야. 어째서 남자가 잠자고
있을 때 그의 허락도 없이 갈비뼈를 훔쳐 갔지?"

그러자 옆에 있던 친구의 딸이 말참견을 했다.
"아저씨, 아저씨의 부하직원 한 사람만 보내 주세요.
좀 곤란한 문제가 생겨서 그것을 조사시켰으면
하거든요."

"그야 어렵지 않지. 하지만 그 곤란한 문제란 게
무엇이지?"

"사실은 어젯밤 저희 집에 도둑이 들어 금고를
훔쳐 갔답니다. 그런데 도둑은 그 대신 황금 항아리를
놓고 갔지요. 어떻게 그런 일이 일어난 건지

조사해 보고 싶어서 그런답니다."

"그것 참 부러운 일이로구나. 그런 도둑이라면
우리 집에도 들어왔으면 좋겠군."

"그러실 거예요. 하지만 이건 아담에게 일어났던 일과
같지 않은가요? 하느님께선 갈비뼈 한 개를
훔쳐 가셨지만, 그 대신 이 세상에 여자를 남겨
놓으셨으니까요."

진실은 일정한 테두리에서 움직이지만 착오의 범위는 광대하다 | H. 보링부르크 |

별거벗은 임금님

마음씨가 매우 착한 부자가 있었다. 그는 배에 많은
물건을 실어 자신의 하인에게 주면서 어디든지
좋은 곳을 찾아가 행복하게 살라면서 노예 신분에서
해방시켜 주었다.

하인의 배는 넓은 바다로 나아갔다. 그런데 얼마쯤 가서
배는 폭풍을 만나 침몰되고 말았다. 그 노예는 배에
실었던 물건들을 다 잃고 몸뚱이 하나만 간신히
빠져나와 가까스로 가까운 섬에 이르렀다.
그러나 그는 모든 것을 잃고 몹시 슬픔에 잠겨 있었다.

섬 안으로 얼마를 걸어 들어가니 큰 마을이 있었다.
그는 옷조차 입지 않은 알몸뚱이였다. 그런데도 그가
마을에 이르자 마을 사람들이 모두 나와 환호성을
지르며 그를 맞아들였다.

"임금님 만세!"

사람들은 그를 왕으로 받들어 모시게 된 것이다.
그는 호화스런 궁전에 살게 되면서 꿈을 꾸고 있는
것만 같았다. 아무래도 영문을 알 수가 없어
한 사나이에게 물었다.

"도대체 어떻게 된 일인가? 맨몸으로 도착한 나를
갑자기 왕으로 받들어 주다니, 어찌된 영문인가?"

"우리들은 살아 있는 인간이 아닙니다.
우리들은 영혼이랍니다. 그래서 해마다 한 번씩
살아 있는 인간이 이 섬으로 와서 우리들의 왕이 되어 주기를
바라고 있는 것입니다. 그러나 조심하셔야 합니다.
임금님께서는 일년이 지나면, 이 섬에서 추방되어
생물도 없고, 먹을 곳도 없는 섬으로 혼자 가셔야
할 테니까요."

왕이 된 노예는 그에게 감사했다.

"정말 고맙네. 그렇다면 지금부터 일년 후를 위해
여러 가지 준비를 해야겠군."
그런 다음에 그는 사막과도 같은 이웃 죽음의 섬으로
가서 꽃도 심고 과일나무도 심어 일년 후의 사태에
대비하기 시작했다.

일년이 지나자 그는 그 행복한 섬에서 추방되었다.
이제까지 호화스런 생활을 하던 왕이었는데도
그는 이 섬에 왔을 때와 똑같은 알몸뚱이로
죽음의 섬을 향해 떠나야 했다.

사막처럼 황폐하던 죽음의 섬에 도착하여 보니,
꽃이 피고 과일이 열린 아름다운 고장으로 바뀌어
있었다. 또 일찍이 그 섬으로 추방되어 온 사람들도
그를 따뜻하게 맞아 주었다. 이리하여 그는 그들과
함께 행복하게 살았다.

이 이야기의 선량한 부자는 하느님이고,

노예는 인간의 영혼이며,

그가 표류하다가 상륙한 섬은 이 세상이며,

그 섬의 주민들은 인류요,

일년 후에 추방되어 간 섬은 내세요,

거기에 있는 꽃과 과일은 선행이었다.

뛰노는 고기를 보고 기뻐하지 말고 가서 그물을 떠라 | 한국 속담 |

어리석은 하인

왕이 하인들을 만찬회에 초대했다. 그러나 만찬회가
언제 열리는지는 알려 주지 않았다.

현명한 하인은 '임금님의 일이니까 만찬회는 아무 때고
열 수 있을 거야. 그 만찬회에 참석할 수 있도록 만반의
준비를 해야지.' 하고 생각하고는 궁궐 문 앞에 가서
기다리고 있었다.

그러나 어리석은 하인은 '만찬회 준비를 하자면 시간이
걸릴 거야. 그러니 조금 놀아도 되겠지.' 하고 생각하고는
아무런 준비도 하고 있지 않았다.

만찬회가 열리자 현명한 하인은 곧 참석하여 맛있는
음식을 먹었지만, 어리석은 하인은 만찬회에 참석조차
하지 못했다.

당신도 언제 하느님의 부름을 받을지 모른다.
하느님으로부터 만찬회에 초대를 받았을 때 당황하지
않고 나갈 수 있도록 항상 준비를 해 놓아야 한다.

앞을 내다보지 못한 사람은 목이 말라서야 우물을 판다 | 중국 속담 |

소경과 절름발이

왕에게는 '오차'라는 아주 맛있는 과일이 열리는 나무가
있었다. 왕은 그 과일나무를 지키기 위해 경비원
두 사람을 고용했다. 한 사람은 소경이고, 또 한 사람은
절름발이였다.

그런데 이 두 사람은 '오차'를 지키다가 문득 과일을
따 먹고 싶은 유혹에 빠져 서로 상의한 끝에 결국
따 먹기로 결정했다. 그리하여 소경이 어깨 위에
절름발이를 태웠다. 절름발이는 소경에게 방향을
지시하여 과일이 있는 곳으로 안내했다.
두 사람은 맛있는 과일을 마음껏 따 먹었다.

왕이 몹시 화가 나서 두 사람을 문초하기 시작했다.
그러자 소경은 앞을 볼 수 없기 때문에 자기는 열매를
딸 수가 없다고 말하고, 절름발이는 저렇게 높은 곳에
어떻게 올라갈 수 있겠느냐고 말했다.

왕은 그것은 틀림없는 사실이라고 인정했지만
두 사람의 말을 믿지는 않았다.

어떤 일에 있어서나 둘의 힘은 하나의 힘보다 위대하다.
사람도 육체만 가지고는 아무것도 해낼 수 없으며,
정신만 가지고도 아무것도 해내지 못한다.
육체와 정신이 힘을 합쳐야 좋은 일이건 나쁜 일이건
할 수가 있는 것이다.

건전한 육체는 정신의 훌륭한 거처가 되고,
병약한 육체는 정신의 감옥이다 | L. C. 보브나르그 |

로마의 한 장교가 랍비를 찾아가 말했다.

"유태인은 몹시 현명하다는 말을 들었소. 오늘 밤에 내가
어떤 꿈을 꾸게 될지 가르쳐 주시오."

당시 로마의 가장 큰 적은 페르시아였다.

랍비는 장교에게 말했다.

"페르시아군이 로마를 기습하여 로마군을 쳐부수고
로마를 지배하여, 로마인들을 노예로 삼고,
로마인이 가장 싫어하는 일을 시키는 꿈을 꿀 것이오."

다음날 아침 로마의 장교가 다시 랍비를 찾아와서
물었다.

"당신은 어떻게 내가 어젯밤에 꾼 꿈을 그대로
예언할 수가 있었소?"

이 장교는 꿈은 암시에서 온다는 사실을 몰랐고,
자기가 암시에 걸려 있었다는 사실조차 몰랐던 것이다.

예언자의 시대는 없어졌지만 속임을 당하는 사람들의 시대는
절대로 없어지지 않는다 | 그림 형제 |

31일째 돌아온 분실물

어떤 사람이 외국에 갔는데 거리에 포고문이
나붙어 있었다.

'왕비가 대단히 값비싼 장식물을 분실했다.
30일 이내에 그것을 찾아오는 자에게는 큰 상을
내리겠지만, 만일 30일이 지난 후에 그것을 가지고
있는 자가 발견되면 사형에 처하리라.'

그런데 마침 그 나라를 처음 방문한 여행객이 우연히
그 장식물을 발견하게 되었다. 그는 31일째 되는 날,
그것을 가지고 왕궁에 가서 왕비 앞에 내놓았다.

그러자 왕비가 물었다.

"당신은 30일 전에 포고령을 내렸을 때 여기에 있었나요?"

"예."

"30일이 지난 뒤에 이것을 가져오면 어떤 벌을 받는지
알고 있나요?"

"예."

"그러면 왜 30일이 지나도록 이것을 가지고 있었나요?
만일 당신이 이것을 어제까지만 가져왔더라도 큰 상을

받을 수 있었을 텐데. 당신은 목숨이 아깝지 않은가요?"

"만일 30일 전에 이것을 돌려드렸다면 사람들은 내가 당신을 두려워하거나 당신에게 존경을 표하기 위해서 가져왔다고 생각할 것입니다. 내가 오늘까지 기다렸다가 이 장식물을 가져온 것은, 나는 결코 당신을 두려워하지 않으며, 내가 두려워하는 것은 오직 하느님뿐이라는 사실을 사람들에게 가르쳐 주고 싶었기 때문입니다."

이 말을 듣고 왕비는 자세를 가다듬으며 말했다.

"그처럼 훌륭하신 하느님을 가진 당신에게 깊은 경의를 표하는 바입니다."

인간의 마음에 오는 최초의 공포는 신에게서 버림받는 일이다 | F. M. 뮐러

희망

한 사내가 나귀와 개를 이끌고 여행을 떠났다.
그리고 그에게는 작은 램프가 하나 있었다.
날이 저물어 어둠의 장막이 내리자,
사나이는 헛간 한 채를 발견하고, 거기서 자기로 했다.
그러나 잠자기에는 아직 이른 시간이었기에 램프를 밝혀
책을 읽기 시작했다. 그런데 바람이 불어 등불이 꺼졌다.
그는 하는 수 없이 잠을 자기로 했다.
그가 잠자고 있는 동안, 여우가 와서 개를 죽여 버리고
사자가 와서 그의 나귀를 죽여 버렸다.
아침이 되자, 그는 개와 나귀를 잃은 슬픔을 간직한 채
램프만을 가지고 혼자 터벅터벅 길을 떠났다.
마을에 이르러 보니, 사람의 그림자라곤 하나도 없었다.
그는 전날 밤 도둑 떼가 이 마을에 쳐들어와,
집을 파괴하고 마을 사람들을 모두 죽여 버렸다는
사실을 알게 되었다.
만일 램프가 바람에 꺼지지 않았더라면,
그도 도둑들에게 발견되었을 것이다.

그리고 만일 개가 살아 있었더라면, 개가 짖어 대는 소릴

듣고 도둑들이 몰려왔을 것이다. 또 나귀도 소란을

피웠을 것이다. 결국 그는 이 모든 것을 잃어버린

덕분에 살아남을 수 있었던 것이다.

그는 하나의 진리를 깨달았다.

'사람은 최악의 상태에서도 희망을 잃어서는 안 된다.

나쁜 일이 좋은 일로 바뀔 수도 있다는 사실을

믿어야 한다.'

우리들은 우리들의 생산 활동을 통해서라기보다 우리들의 희망 속에
살고 있다 | T. 모어 |

일곱 번의 변화

남자의 일생은 일곱 단계로 나뉜다.

한 살 | 제왕, 모든 사람들이 임금님을 받들 듯이
　　　　달래 주기도 하며 기분을 맞춰 준다.
두 살 | 돼지, 진흙탕 속을 마구 뛰어다닌다.
열 살 | 새끼 양, 웃고 떠들어 대고 뛰어다닌다.
열여덟 살 | 말, 다 자라서 힘을 뽐내고 싶어한다.
결혼 후 | 당나귀, 가정이라는 무거운 짐을 지고
　　　　끙끙거리며 걸어가야 한다.
중년 | 개, 가족을 부양하기 위해 사람들의 호의를
　　　구걸한다.
노년 | 원숭이, 하는 행동이 어린애처럼 유치하지만
　　　아무도 관심을 기울여 주지 않는다.

반(反)유태인

로마의 역대 황제 중에 유태인을 가장 미워한
하드리아누스라는 황제의 이야기이다.

어느 날, 한 유태인이 하드리아누스의 앞을 지나가며
인사했다.
"폐하, 안녕하시옵니까?"
"너는 누구냐?"
"저는 유태인입니다."
그러자 황제는 부하에게 이렇게 명령했다.
"당장 저놈을 사형에 처하라!"
다음날 또 다른 유태인 하나가 황제의 앞을 지나가게
되었다. 그런데 그는 인사를 하지 않았다.
그러자 황제는 부하에게 이렇게 명령했다.
"로마 황제에게 경의를 표하지 않은 죄목으로
저놈의 목을 쳐라!"
그러자 곁에 있던 신하들이 이상하게 생각하고 물었다.
"폐하, 폐하께서는 어제는 인사한 사람을 죽이시더니,

오늘은 또 인사하지 않았다는 죄목으로 죽이셨습니다.
그 까닭을 알 수 없나이다."

그러자 황제는 이렇게 대답했다.

"내가 한 처사는 양쪽이 다 옳은 거야.
그대들은 잘 모르는 모양이지만 나는 유태인을
취급하는 방법을 잘 알고 있단 말이다."

이것은 유태인이 어떤 행동을 하든, 반유태인이었던
하드리아누스로선 상관이 없었다.

그는 상대가 유태인이란 사실만으로도 목숨을
빼앗으려고 작정을 했던 것이다.

저주란 악마에게 기도 드림이다 G. C. 리히텐베르크

황제와 랍비의 무언극

로마의 황제가 이스라엘에서 가장 위대한 랍비와
친하게 지내고 있었다. 그것은 두 사람의 생일이
같았기 때문이었다.
두 나라 정부의 관계가 별로 좋지 않을 때에도,
두 사람은 항상 친한 관계를 유지하고 있었다.
그러나 황제가 랍비와 친구라는 사실은 두 나라의
관계로 보아 별로 좋은 일은 아니었다. 그래서 황제는
랍비에게 무엇을 물어보고 싶을 때에는 사람을 보내어
간접적으로 그의 의견을 물어봐야 했다.
어느 날 황제는 사자(使者)를 랍비에게 보내어
다음과 같은 내용을 편지로 물었다.
"나는 달성하고 싶은 것이 두 가지 있소. 첫째는, 내가
죽으면 아들을 왕위에 오르게 하고 싶은 것이고,
둘째는 이스라엘에 있는 티베리아스라는 도시를
자유무역 도시로 만들고 싶은 것이오.
나는 이 둘 중에서 하나밖에 달성할 자신이 없소.
이 두 가지를 모두 달성할 길은 없겠소?"

당시 두 나라의 관계는 몹시 험악한 상태에 있었기 때문에 황제의 이 질문에 랍비가 대답해 주었다는 사실이 알려지면 국민들에게 큰 악영향을 끼칠 것은 엄연한 사실이었다. 그래서 랍비는 황제의 질문에 대한 답변을 보낼 수가 없었다.

사자가 돌아오자 황제가 물었다.

"그래, 편지를 받고 랍비가 뭐라고 하더냐?"

"랍비는 편지를 읽어 본 다음, 자기 아들을 어깨 위에 올려놓고, 비둘기를 아들에게 주어 하늘로 날려 보내게 했습니다. 그밖에는 아무런 대답도 하지 않았습니다."

황제는 랍비가 말하고 싶었던 뜻을 알 수가 있었다.

"우선 왕위를 아들에게 물려 주고 그로 하여금 관세를 자유화하도록 하면 됩니다."

다음에 또 황제에게서 사자가 왔다.

"우리 정부의 관리들이 내 마음을 괴롭히고 있소. 어떻게 하면 좋겠소?"

랍비는 역시 무언극으로 뜰에 있는 밭에 나가 채소
한 포기를 뽑아 가지고 돌아왔다. 그리고는 잠시 후에
다시 밭에 나가 한 포기를 뽑고, 잠시 후에 또 한 포기를
뽑는 것이었다.

황제는 랍비의 뜻을 알아차렸다.

"당신의 적들을 한꺼번에 멸망시키려 하지 마시오.
몇 번에 나누어 한 사람 한 사람 뿌리 뽑으시오."

인간의 의사(意思)는 말이나 문장에 의존하지 않고서도
충분히 나타낼 수가 있다.

유태인의 기도

한 배에 여러 나라에서 모여든 사람들이 타고 있었다.
그런데 갑자기 폭풍이 일기 시작했다.
사람들은 각기 자기 나라의 자기가 믿는 신에게,
자기 나름대로의 방법으로 기도했다.
그래도 폭풍은 점점 더 거세어 갈 뿐이었다.
사람들은 일제히 유태인을 나무랐다.

"왜 당신은 기도를 하지 않는 거요?"
그러자 그 유태인이 기도를 하기 시작했다.
신기하게도 폭풍은 즉시 가라앉았다.
배가 항구에 도착하자 사람들이 물었다.

"우리들이 열심히 기도했을 때는 효험이 전혀 없었는데,
당신이 기도하자 폭풍이 가라앉았으니 어찌된 일입니까?"

"그것은 나도 잘 알 수가 없습니다. 그러나 당신들은 각자
당신네 나라에서 믿는 신에게 기도했습니다. 바빌로니아

사람은 바빌로니아 신에게 기도하고, 로마인들은
로마 신에게 기도했습니다. 그러나 바다는 어느 나라에도
속해 있지 않습니다. 하느님은 온 우주를 지배하는
큰 신이기 때문에 내 소원을 들어주신 것 같군요."

어느 곳에서든지 신을 본 사람은 없다. 그러나 만약 우리들이 서로
사랑한다면, 신은 우리들의 가슴에 머무를 것이다 | L. N. 톨스토이 |

마음

인간의 모든 기관은 마음에 의해 좌우되고 있다.

마음은 보고, 듣고, 걷고, 서고, 굳어지고, 부드러워지고,
기뻐하고, 슬퍼하고, 화내고, 두려워하고, 거만해지고,
설득되고, 사랑하고, 미워하고, 부러워하고, 질투하고,
사색하고, 반성한다.

그러므로 세상에서 가장 강한 인간은 자신의 마음을
통제할 수 있는 인간이다.

시집가는 딸에게, 현명한 어머니가

나의 사랑하는 딸아.

네가 만일 남편을 왕처럼 존경한다면, 그는 너를
여왕처럼 떠받들 것이다. 그러나 네가 하녀처럼
행동한다면 그는 너를 하녀처럼 취급할 것이다.
만일 네가 콧대를 너무 세워 그에게 봉사하기를
싫어한다면, 그는 완력을 써서 너를 하녀로 만들어
버릴 것이다.
네 남편이 그의 친구를 방문할 때면, 그로 하여금
목욕을 하고 옷을 단정히 입고 나가게 하라.
그리고 남편의 친구가 집에 놀러 오거든 성의를 다해서
극진히 대접하라. 그렇게 하면 남편은 너를 소중히
생각해 줄 것이다.
항상 가정에 마음을 쓰고 남편의 소지품을 소중히
다루어라. 그러면 그는 네 머리 위에 왕관을
씌워 줄 것이다.

손잡이

쇠가 세상에 처음 등장했을 때, 모든 나무들은 두려움에
떨었다. 그러자 하느님께서 나무들에게 말씀하셨다.
"근심할 것 없도다. 쇠는 너희들이 손잡이를 제공해
주지 않는 한 결코 너희들을 해칠 수 없느니라."

10이라는 숫자

예를 들어, 내가 어떤 사람에 대하여 나쁜 말을 하여
그에게 상처를 입혔다고 하자. 물론 다음에 그 사람을
만났을 때, 사과할 수도 있다.
"지난번에는 흥분한 나머지 실례되는 말을 하여,
당신의 체면을 손상시켜 대단히 죄송합니다."
그래도 상대방이 완강히 버티어 용서해 주지 않을
경우에는 어떻게 해야 할까?
이런 경우 유태인들은 열 사람에게 묻는다.

"나는 요전에 어떤 사람에게 이러한 실례되는 말을 해서
그를 화나게 했기 때문에 그에게 사과하러 갔지만
그가 용서해 주지 않습니다. 나는 진심으로 잘못했다고
후회하고 있거니와 여러분은 내 잘못을
용서해 주시겠습니까?"
그래서 그 열 사람이 모두 용서해 준다면,
잘못을 용서받는다.

만일 모욕당한 상대방이 이미 죽어서 사과할 수가
없으면, 열 사람을 그의 무덤으로 데리고 가서,
그들이 보는 앞에서 무덤을 향하여 용서를 빌어야 한다.
이 경우 열 명이란 숫자가 왜 나왔느냐 하면, 유태교의
예배당에서 기도할 때는 열 명 이상의 사람이 있지
않으면 기도가 성립되지 않기 때문이다.
아홉 명 이하의 수는 개인이다.
사람 숫자가 열 명은 되어야 비로소 집단이 되는 것이다.

정치적인 결정이 아닌 종교적으로 공적인 결정도 역시
열 사람이 차지 않으면 하지 못한다. 결혼식에 있어서도
공적인 결혼식은 열 사람 이상이 모이지 않으면
거행하지 못한다.

비(非)유태인

왕이 많은 양 떼를 기르고 있었다. 왕은 양치기를 시켜
그 양들을 날마다 방목하였다.

그런데 어느 날 양과는 전혀 다르게 생긴 동물 한 마리가
양 떼 속에 끼여 들었다. 그래서 양치기가 왕에게 물었다.

"낯선 동물 한 마리가 양 떼 속으로 끼여 들었는데,
어떻게 할까요?"
"그 동물을 특별히 잘 보살펴 주도록 하라."

양치기가 의아스러운 표정을 짓자, 왕이 말했다.

"양들은 처음부터 내 양으로 길러 왔으니까 걱정할 것이
없지만, 그 낯선 동물은 지금까지 전혀 다른 환경에서
자라고 있었는데도 이렇게 내 양들과 똑같이 행동하고
있으니 그 얼마나 반가운 일이냐?"

유태인들은 태어날 때부터 유태 전통 속에서 자랐다.
그러므로 유태의 전통이 아닌 다른 환경에서 자란 사람이
유태 문화를 이해하고 유태화한 경우에는 원래의
유태인보다 더 존경을 받는다.

온 세계 사람들은 어떤 신앙을 갖고 있든 선한 사람은
모두 영원한 생명의 구원을 받게 되므로
굳이 탈무드에는 그들을 유태인처럼 만들려고
애쓰지 않는다고 쓰여 있다.

부모는 바보

한 사나이가 다음과 같은 유서를 썼다.

'나의 재산 전부를 아들에게 준다. 그러나 아들이 진짜
바보가 되기 전에는 유산을 상속할 수 없다.'

이 소식을 듣고 랍비가 그에게 물었다.

"당신은 납득할 수 없는 유서를 썼군요. 도대체 당신의
아들이 진짜 바보가 되기 전엔 재산을 줄 수 없다니,
무슨 이유라도 있나요?"

그러자 사나이는 갈대 하나를 입에 물고 괴상한
울음소리를 내면서 마루 위를 엉금엉금 기어다녔다.

그가 암시한 것은 자기 아들에게 아이가 생겨
그 자식을 귀여워하게 되면, 자기의 재산을 상속시켜
준다는 뜻이었다.

부모들은 자식들을 위하여 모든 것을 희생한다.

하느님이 유태 민족에게 십계명을 내리실 때
유태 민족으로부터 반드시 그것을 지키겠다는 맹세를
받으려 하셨다. 그래서 유태인들은 우선 유태인의
위대한 조상인 아브라함과 이삭과 야곱의 이름을 걸고

반드시 십계명을 지키겠노라고 맹세했지만
하느님은 승낙하시지 않았다.
그래서 유태인들은 앞으로 벌어들일 모든 부를 걸어
맹세했지만 역시 승낙하시지 않았고, 유태인 속에서
태어난 모든 철학자들의 이름을 걸어 맹세했지만,
하느님은 역시 승낙하시지 않았다.
마지막으로 유태인들은 자식들에게 반드시 십계명을
전해 주겠다고 어린이들을 걸어 맹세하였다.
그랬더니 비로소 하느님의 승낙을 얻을 수 있었다.

한 사나이가 이웃집 여인과 바람을 한 번 피워 보기를
간절히 바라고 있었다. 그러던 어느 날 밤, 그는 드디어
그 여인과 성관계를 맺는 꿈을 꾸었다.

탈무드에 의하면 그것은 좋은 일이다. 왜냐하면 꿈이란
간절한 소원의 표현으로 실제 성관계를 맺었다면
그런 꿈을 꿀 까닭이 없다. 이것은 스스로 자신을 그만큼
억제하고 있다는 증거이기 때문에 좋은 일이다.

교육

가장 위대한 랍비가 북쪽 마을을 시찰하기 위해
두 명의 랍비를 시찰관으로 보냈다.

두 랍비가 그 마을에 가서 말했다.

"이 마을을 지키고 있는 사람을 만나서 좀 조사할
일이 있소."

그러자 그 마을의 경찰서장이 나왔다.

"아니오. 우리가 만나야 할 사람은 이 마을을 지키고
있는 사람이오."

이번에는 수비대장이 나왔다. 그러자 두 랍비가 말했다.

"우리가 만나려고 하는 것은 경찰서장이나 수비대장이
아니라 학교의 선생님이란 말이오. 경관이나 군인은
마을을 파괴할 뿐이오. 교육자들이야말로 진정으로
마을을 지키는 사람이라고 할 수 있소."

사랑

솔로몬 왕에게는 몹시 아름답고 현명한 딸이 있었다.
솔로몬은 어느 날 꿈을 꾸고는 장차 딸의 남편이 될 사람이
딸에게는 어울리지 않는 악한 사나이라는 것을 예감했다.
그래서 솔로몬은 딸을 작은 섬으로 데리고 가서 별궁에
감금시켜 놓고, 둘레를 높은 담으로 둘러치고 많은
감시병을 배치해 놓았다. 그리고는 열쇠를 가지고
돌아왔다.
한편 왕이 꿈에서 보았던 상대방 사나이는 어느 황야에서
홀로 방황하고 있었다. 밤이 되자 그는 몹시 한기를
느꼈기 때문에 사자의 시체 속에 들어가 잠을 잤다.
그때 큰 새가 날아와 사자의 털가죽과 함께 그 사나이를
들어 올려, 공주가 감금되어 있는 별궁 위에 떨어뜨렸다.
그래서 그 사나이는 공주를 만나게 되었고 두 사람은
사랑에 빠졌다.
사랑은 모든 것을 이겨 내기 때문에 아무리 먼 섬으로
데리고 가서 감금시켜 놓을지라도 허사인 것이다.
일어날 것은 기필코 일어나게 마련인 것이다.

공로자

왕이 병에 들었다. 의사는 왕이 세상에서도 보기 드문
괴상한 병으로 사자의 젖을 먹어야 낫는다고 말했다.
그러나 사자의 젖을 어떻게 구하느냐가 문제였다.

그런데 어떤 지혜로운 사나이가 사자가 살고 있는
동굴 가까이 가서 새끼사자를 한 마리씩
어미사자에게 주었다.

열흘쯤 지나자, 그는 어미사자와 아주 친하게 되었다.
그래서 왕의 병을 고칠 젖을 조금 짜낼 수가 있었다.
돌아오는 도중 그는 자기 몸의 각 부분이 서로 다투고
있는 꿈을 꾸었다. 그것은 신체 중에서 어느 부분이
가장 중요한가에 대한 논쟁이었다.

발은 자기가 아니었다면 사자가 있는 동굴까지
도저히 가지 못했을 거라고 말했다.
눈은 자기가 아니었다면 볼 수가 없어서 그곳까지 가지

못했을 거라고 주장하고, 심장은 자기가 아니었다면
대담하게 사자에게 가까이 가지 못했을 거라고 말했다.
이 말을 듣고 있던 혀가 한마디했다.
"그래봤자 내가 아니었다면 너희들은 아무런 소용이
없었을 거야."
그러자 신체의 각 부분은 일제히 나서서 혀를 윽박질렀다.
"뼈도 없고 쓸모도 없는 조그만 것이 까불고 나서지 마."
혀는 입을 다물고 말았다.

그러던 중 그 사나이가 궁궐에 도착할 무렵,
혀는 이렇게 말했다.
"누가 제일 중요한지 너희들에게 알려 주마."

사나이가 왕 앞에 나아가자 왕이 물었다.
"이것은 무슨 젖이냐?"
그러자 사나이는 느닷없이 대답했다.
"네, 이것은 개의 젖이옵니다."

조금 전까지 혀를 몰아세우던 신체의 각 부분들은
그제서야 혀의 힘이 얼마나 강한지를 깨닫고,
모두 혀에게 사과했다. 그러자 혀는 말했다.
"아니옵니다. 제가 말씀을 잘못 드렸습니다.
이것은 틀림없는 사자의 젖이옵니다."

중요한 부분일수록 자제력을 잃으면 엉뚱한 잘못을
저지르게 된다는 것을 일깨워 주고 있다.

문병

환자에게 문병을 가면, 그 환자의 병은 60분의 1쯤
낫는다. 그러나 60명이 한꺼번에 문병을 간다 해서
환자의 병이 단번에 완쾌되지는 않는다.
죽은 사람의 무덤을 찾아가는 것은 가장 고상한
행위이다. 문병에 대해서는 환자가 나으면 그로부터
감사받을 수 있지만 죽은 사람은 아무런 인사도
하지 않기 때문이다.
요컨대 감사를 바라지 않고 베푸는 행위야말로
아름다운 행위인 것이다.

결론

탈무드에는 장장 4개월이나 6개월, 또는 7년에 걸쳐
오랫동안 어떤 문제에 대해 사람들이 논의를
제기했다는 이야기가 실려 있다. 그중에는 결론이
나지 않는 것들도 있다. 이런 이야기의 맨 끝에는
'모른다.'고 쓰여 있다. 이것은 '알 수 없을 때는
모른다고 말해야 한다.'는 것을 가르쳐 준다.
또 어떤 문제에 대해 결정을 내린 이야기들이
수록되어 있는데 거기에는 반드시 소수의 의견도
아울러 소개하고 있다. 소수의 의견은 적어 두지 않으면
사라져 버리기 때문이다.

감사하는 마음

이 세상의 최초의 인간은 빵 하나를 만들어 먹기 위해
얼마나 많은 일을 했던가. 우선 밭을 갈고, 씨앗을
뿌리고, 그것을 가꾸고, 수확하고, 빻아서 가루로
만들고, 반죽하고, 굽고....... 적어도 15단계의 과정을
거치지 않으면 안 되었다.

그러나 지금은 돈만 내면 빵집에 가서 만들어 놓은
빵을 사 올 수 있다. 옛날에는 한 사람이 해야 했던
15단계의 일을 여러 사람이 나누어 해 주고 있기
때문이다. 그러므로 빵을 먹을 때에는 많은 사람들에게
감사하는 마음을 잊어서는 안 된다.

이 세상의 최초의 인간은 자기 몸에 걸칠 옷 하나를
만들기 위해 얼마나 많은 수고를 했던가. 들에 가서
양을 사로잡고, 그것을 키우고, 털을 깎고, 그 털로
실을 만들고, 옷감을 짜고, 그것을 다시 꿰매어
입기까지는 상당한 노고를 해야 했다.

그런데 지금은 돈만 내면 양복점에서 마음에 드는 옷을
살 수가 있다. 옛날에는 혼자 해야 했던 많은 일을
여러 사람이 나누어 해 주고 있기 때문이다.
그러므로 옷을 입을 때에는 많은 사람들에게
감사하는 마음을 잊어서는 안 된다.

강자와 약자

세상에는 약자이면서도 강자에게 두려움을 느끼게 하는
것이 네 가지 있다.

모기는 사자에게 두려움을 느끼게 하며,
거머리는 코끼리에게 두려움을 느끼게 하고,
파리는 전갈에게 두려움을 주며,
거미는 매를 무서워하게 한다.

아무리 크고 힘센 자라도, 반드시 언제나 두려운 존재는
아니다. 또 아무리 약한 자라도, 용기만 있으면
강한 자를 이길 수 있다.

칠계(七戒)

유태인들에게는 천사가 지키라고 일러 준 613가지의
계율이 있다. 그러나 유태교에서는 굳이 비유태인들을
유태화하려 하지 않았기 때문에 그들에게 선교사를
보내거나 하지는 않았다. 단지 상호간의 평화적인
관계를 유지하기 위하여 비유태인들에게는 꼭 지켜야 할
일곱 가지 계율만을 주었다.

1. 살아 있는 동물을 죽여서 바로 날고기를 먹지 말라.
2. 다른 사람을 욕하지 말라.
3. 도둑질하지 말라.
4. 법을 어기지 말라.
5. 살인하지 말라.
6. 근친상간하지 말라.
7. 도리에 어긋나는 관계를 맺지 말라.

작별 인사

한 사나이가 오랜 여행을 계속하고 있었다. 그는 몸이
지쳤고, 배가 몹시 고프고, 목이 몹시 말랐다.
그 사나이는 사막을 오랫동안 걸어간 끝에 간신히
나무가 자라고 있는 곳에 이르렀다.
그는 지친 몸을 나무 그늘에서 쉬고, 굶주린 배를 과일로
채우고 시원한 물을 마시며 갈증을 해소한 다음
잠시나마 휴식을 취했다. 그러나 그는 여행을 계속하기 위해
다시 길을 떠나야 했다.
그는 그 나무에게 감사하며 이렇게 작별 인사를 고했다.
"나무야, 정말 고맙다. 나는 고마운 인사를 어떻게 해야 할지
모르겠구나. 네 과일이 맛있게 되기를 빌고 싶지만,
네 과일은 이미 충분히 맛있고, 상쾌한 나무 그늘을
갖도록 빌고 싶지만, 네 그늘은 이미 충분히 시원하고,
네가 무럭무럭 자라도록 충분한 물이 있기를 빌고
싶지만, 너에게는 이미 충분한 물도 있구나.
그러니 내가 너를 위하여 할 수 있는 것은
오직 네가 더 많은 열매를 맺어 그 열매가 많은 나무들이

되어 너와 똑같이 아름답고 훌륭한 나무로 자라도록
비는 것밖에는 없구나."

당신이 작별하는 사람에게 무엇인가를 빌고 싶을 때,
그 사람이 더 현명해지기를 바라고 싶어도 그는 이미
충분히 현명하고, 부자가 되기를 바라고 싶어도
그는 이미 충분히 부유하고, 남들로부터 환영받는
선량한 사람이 되기를 바라고 싶어도 이미 충분히
선량한 사람일 때, 당신은 어떤 작별 인사를 하는
것이 좋은가?

"부디 당신의 아이들이 당신과 같이 훌륭한 사람이
되기를 빕니다."

조미료

어느 토요일(안식일) 오후에 로마의 황제가 자기와 친한
랍비의 집을 방문했다.

그는 아무런 예고도 없이 갑자기 찾아갔지만, 그곳에서
매우 즐거운 시간을 보냈다. 음식은 매우 맛이 있었고,
식탁 둘레에서는 사람들이 소리를 맞추어 노래 부르면서
탈무드에 나오는 이야기를 했다.

황제는 몹시 기뻐하며, 다음 수요일에 또 오겠다고
자청해서 말했다.

수요일이 되어 황제가 오자, 사람들은 미리 그를 맞이할
준비를 해 놓고 기다리는 중이었다. 제일 좋은 그릇을
차려 놓고, 지난번에는 안식일이라 쉬었던 하인들도
줄지어 음식을 날랐다. 요리사가 없어 싸늘한 음식만을
내놓던 지난번과는 달리, 이번에는 따뜻한 요리가
많이 나왔다.

그런데도 황제는 이렇게 물었다.

"음식은 역시 토요일 것이 맛있었어. 지난 토요일에
먹은 요리에는 어떤 조미료를 넣었었지?"

"로마의 황제로서는 그 조미료를 구하시지 못합니다."

"아닐세. 로마 황제는 어떤 조미료라도 구할 수가 있네."

"폐하, 폐하께서 훌륭하신 로마의 황제이시지만,

아무리 노력해도 구하시지 못합니다.

그것은 바로 유태인의 안식일이라는 조미료입니다."

하느님

한 이교도가 기독교인에게 와서 말했다.

"당신들은 하느님 이야기만 하고 있는데,

도대체 그 하느님이 어디에 있지요? 어디에 있는지를

알려 준다면 나도 그 하느님을 믿겠소."

기독교인은 이 악의에 찬 질문을 좋아하지 않았다.

기독교인은 그를 밖으로 데리고 나가서

태양을 가리키며 말했다.

"저 태양을 똑바로 쳐다보시오."

"바보 같은 소리 마시오! 어떻게 태양을 똑바로

쳐다볼 수가 있단 말이오!"

"당신은 하느님께서 만들어 놓으신 많은 것들 중의

하나인 태양조차 볼 수가 없다면서 어떻게 위대하신

하느님을 눈으로 볼 수 있단 말이오."

솔로몬의 재판

솔로몬은 지금으로부터 약 3천 년 전에 살았던 이스라엘의
3대 임금으로서 그 지혜가 뛰어나기로 유명하다.

안식일에 세 명의 유태인이 예루살렘으로 갔다.
그들은 가지고 있던 돈을 모두 함께 어느 곳에 묻었다.
그런데 그들 중 한 사람이 몰래 그곳으로 가서
그 돈을 모두 꺼내 갔다.

다음날 세 사람은 현인으로 알려진 솔로몬 왕에게 가서
세 사람 중에서 누가 그 돈을 훔쳤는지를
판결해 달라고 했다.
그러자 솔로몬 왕은 이렇게 말했다.

"자네들 세 사람은 아주 현명하니, 우선 내가 당면한
어려운 문제를 먼저 해결해 주게. 그러면 자네들의 문제는 내가
해결해 주지."
왕은 이야기를 시작했다.

"한 처녀가 어떤 젊은이에게 시집가기로 약속했네.
얼마 후에 그 처녀는 다른 사나이와 사랑에 빠져
약혼자를 찾아가 헤어지자고 제의했네.
처녀는 약혼자에게 위자료를 지불해 주겠다고 말했네.
그러나 젊은이는 위자료 같은 것은 필요 없다고
말하면서 처녀와의 약혼을 취소해 주었네.
그런데 그 처녀는 많은 돈을 가지고 있었기 때문에
어떤 노인에게 납치를 당했네. 처녀는 노인에게
'나는 약혼했던 남자에게 파혼할 것을 제의했는데,
그는 위자료도 받지 않고서 나를 해방시켜 주었습니다.
그러니 당신도 똑같은 일을 내게 해 주세요.' 하고
요구했네. 그랬더니 노인은 그녀의 말대로 몸값을
받지 않고 처녀를 해방시켜 주었네. 이들 중에서
가장 칭찬받을 행위를 한 사람은 누구이겠는가?"

첫 번째 사나이가 말했다.

"그야, 처녀와 약혼까지 하고서 파혼을 승낙해 주고
위자료도 받지 않은 처음의 남자가 칭찬을
받아야겠지요. 왜냐하면 그는 처녀의 의사를
무시하면서까지 결혼하려고 하지 않았을 뿐만 아니라
위자료도 받지 않았기 때문입니다."

두 번째 사나이가 말했다.

"아닙니다. 그 처녀야말로 칭찬을 받아야 합니다.
그녀는 용기를 가지고 처음의 약혼자에게 파혼을
신청하고, 마음으로부터 사랑하고 있는 남자와
결혼을 했습니다. 이야말로 칭찬받을 만합니다."

세 번째 사나이가 말했다.

"이 이야기는 너무 뒤죽박죽이어서 저는 도무지 영문을 알 수가
없습니다. 우선 처녀를 납치한 노인만 해도

그렇습니다. 노인은 돈 때문에 그 처녀를 유괴한 것인데,
돈도 받지 않고서 풀어주다니, 이야기의 줄거리가
도무지 통하지 않습니다."

그러자 솔로몬 왕이 호통을 치며 말했다.

"이놈! 네가 돈을 훔친 도둑이다. 다른 두 사람은
이 이야기를 듣고 곧 애정이나 처녀와 약혼자 사이에
가로놓인 인간관계와 그 사이에 존재하는 긴장된
기분에 마음이 쏠리는데, 너는 돈에 대한 것밖에
생각하고 있지 않다. 틀림없이 네가 범인이다!"

하느님의 보물

어느 랍비가 안식일에 교회에서 설교를 하고 있었다.
바로 그 시간에 집에 있던 그의 두 아들이 죽었다.
그의 아내는 아이들의 시체를 2층 방으로 옮겨 놓고
흰 천으로 덮어 주었다.
설교를 끝낸 랍비가 집으로 돌아오자 아내가 물었다.
"당신에게 물어볼 것이 있어요. 어떤 분이 값비싼 보물을
맡기면서 잘 보관해 달라고 했어요. 그런데 그 보물의
주인이 갑자기 찾아와서 맡긴 보물을 달라고 했을 때,
나는 어떻게 해야 할까요?"
랍비가 대답했다.
"당연히 그 보물을 주인에게 돌려주어야 하오."
그러자 아내가 말했다.
"실은 조금 전에 하느님께서 귀중한 보물 두 개를
되찾아서 하늘로 올라가셨어요."
랍비는 아내의 말을 이해할 수 있었다.
그리고 아무 말도 하지 않았다.

닭의 처형(處刑)

재판에 회부 중인 닭 한 마리가 있었다. 죄명은
갓난아이를 죽인 살인이었다. 그 닭은 작은 요람에
눕혀 둔 갓난아이의 머리를 쪼아 죽게 했던 것이다.
증인들이 법정에 출두하여 그 사건을 증명했다.
재판 결과 그 닭은 유죄판결을 받았고
불쌍하게도 처형되었다.
이 이야기는, 아무리 하찮은 짐승이라 할지라도
유죄라는 판결이 확정되지 않는 한 경솔하게
처형해서는 안 된다는 것을 일깨워 준다.

성서에 의하면 이 세계는 하루, 이틀, 사흘······,
차례차례로 만들어져 엿새째 되는 날에 완성되었다.
그런데 마지막 날인 엿새째 날에 만들어진 것이
바로 인간이다.
당신은 그 의미를 어떻게 해석하는가?
한 마리의 파리까지도 인간보다 먼저 만들어졌다는
사실을 생각한다면, 인간은 결코 오만해질 수가 없다.
그것은 인간에게 자연에 대하여 겸손한 마음을
가지라는 것을 가르쳐 주기 위한 것이다.

땅

두 명의 랍비가 각기 땅을 사려고 하고 있었다.
그런데 공교롭게도 그들이 사려고 한 땅은
같은 땅이었다. 한 랍비가 먼저 와서 흥정을 하고 있는
사이에 다른 랍비가 그 땅을 사게 되었다. 그러자
이것을 본 어떤 사람이 땅을 산 랍비에게 가서 물었다.
"어떤 사람이 과자를 사기 위해 제과점에서 과자의
품질을 묻고 있었습니다. 그런데 나중에 나타난 사람이
그 과자를 사 버렸습니다. 그렇다면 나중에 나타나
과자를 사 버린 사람을 어떻게 생각하십니까?"
랍비가 대답했다.
"나중에 온 사람이 옳지 못한 판단을 한 사람이군요."
그러자 그 사람은 재차 물었다.
"랍비님은 나중에 온 사람이면서도 그 땅을 사셨습니다.
먼저 온 사람이 그 땅의 값을 흥정하고 있을 때
그것을 산 것입니다. 그래도 괜찮은 것입니까?"
이로 인해 그 땅을 어떻게 처리하느냐 하는 문제가
생기게 되었다.

첫 번째 해결 방법은 그 땅을 산 랍비가 먼저 와서
흥정하던 랍비에게 땅을 되파는 것이었으나,
땅을 사자마자 되파는 것은 상서롭지 못하기 때문에
그럴 수가 없었다.
두 번째 방법은 그 땅을 먼저 사려고 온 랍비에게 선물로
주는 것인데, 그러나 이 방법도 좋은 것이 못 되었다.
먼저 온 랍비가 땅값을 지불하지 않고 받기는 싫다고
한 것이다.
하는 수 없이 두 랍비는 그 땅을 학교에 기부하기로 했다.

매매(賣買)

탈무드 시대부터 유태 사회에서는 계량 감독관이
있었다. 토지를 측량하는 자도 계절에 따라 달랐다.
그것은 날씨에 따라 줄자가 늘어나기도 하고
줄어들기도 하기 때문이었다.

액체로 된 물건을 살 때는 용기 아랫부분에 지난번
찌꺼기가 남아 있으면 안 되므로 언제나 용기의
밑부분을 깨끗이 닦도록 엄격히 감독하였다.

물건을 구입하였을 경우에는 구매자가 그 물건의
성질에 따라 하루에서 일주일까지 그 물건을
다른 사람에게 보이고 의견을 들을 수 있도록 했다.
그것은 구매자가 전혀 알지 못하는 물건을 샀을 경우
올바른 판단을 할 수 있는 기간을 주기 위함이다.

판매자가 계량을 잘못하거나 계산을 잘못했을 때 구매자는
다시 올바르게 판매하도록 요구할 권리가 있었다.

판매자를 보호하는 방법으로는, 구매자가 물건을
구입할 의사가 없으면서 흥정을 해서는 안 된다는
것이다. 그리고 다른 사람이 먼저 구입할 의사를 가지고 흥정을
할 때는 끼어들어서 살 수 없도록 규정하고 있다.

가난한 사람의 특징

어느 날 갑자기 벼락부자가 된 사람이 있었다.
랍비 힐렌은 그에게 말 한 필과 마부를 선물로 주었다.
그런데 어느 날 마부가 보이지 않았다. 그 벼락부자는
자신이 직접 말을 끌고 5천 킬로미터나 걸어서 갔다.

3

탈무드의 명언

인간

| 인간은 세 개의 이름을 갖게 된다. 태어나서 부모가
지어 준 이름과 우정 어린 친구들이 불러 주는 이름,
그리고 생이 끝났을 때 얻어지는 명성이 그것이다. |

| 인간은 20년 걸려 깨달은 것을 단 2년 만에 잊어버릴
수도 있다. |

| 인간은 남의 하찮은 피부병은 금방 알아채고 꺼려해도
자신의 죽을 병은 깨닫지 못한다. |

| 반성하는 자가 서 있는 땅은 가장 위대한 랍비가 서 있는 땅보
다 중요하다. |

| 세계는 진실, 법, 평화의 세 가지 바탕 위에 서 있다. |

| 휴일은 인간에게 주어진 것이며 인간이 휴일에 주어진
것은 아니다. |

| 백성의 소리는 하느님의 소리이다. |

| 하느님이 말씀하셨다.
"나에게는 네 명의 아이가 있고, 너에게도 네 명의
아이가 있다. 너의 네 아이는 아들, 딸, 남자 종, 아내이고,
나의 네 아이는 과부, 고아, 이방인, 승려이다.
나는 너의 네 아이를 돌봐 주겠노라.
너는 나의 네 아이를 돌보거라." |

| 인간은 심장 가까이에 유방을 갖고 있다. 동물은
심장에서 먼 곳에 유방이 있다. 이것은 하느님의 깊은
배려이다. |

| 거짓말쟁이가 받는 최대의 벌은 그가 진실을 말해도
사람들이 믿지 않는 것이다. |

인생

| 인간은 환경에 의해서 명예가 높아지는 것이 아니라
인간이 환경의 명예를 높이는 것이다. |

| 온 인류는 단 하나의 조상만을 가지고 있다. 따라서
어느 한 인간이 다른 인간보다 뛰어난 존재는
아닌 것이다. 만약 당신이 어떤 사람을 죽였다면
그건 온 인류를 죽인 것과 같다. 그리고 어떤 사람의
생명을 구했다면 온 인류를 구한 것과 같다.
세계는 단 한 인간에 의해 시작되었으므로
그 최초의 인간을 죽였다면 오늘날 인류는 존재하지
않았을 것이기 때문이다. |

| 영리한 사람과 현명한 사람은 차이가 있다. 현명한
사람이 결코 벗어나지 못할 곤란한 상황에서 요령 있게
빠져나오는 사람이 영리한 사람이다. |

| 어떤 사람은 젊은데도 불구하고 늙었고,

또 어떤 사람은 늙었는데도 불구하고 젊다. |

| 자신의 결점에만 마음을 쓰는 사람에게는 남의 결점은
보이지 않는다. |

| 음식을 갖고 장난치는 사람은 배고픈 자가 아니다. |

| 하루를 공부하지 않으면 그것을 만회하는 데 이틀이
걸리고, 이틀을 공부하지 않으면 그것을 만회하는 데
나흘이 걸린다. 또 일년을 공부하지 않으면 그것을
만회하는 데 2년이 걸린다. |

| 모자란 인간들은 다른 사람의 수입에 신경을 쓰면서
자신의 낭비에는 신경 쓰지 않는다. |

| 눈이 보이지 않는 것보다 마음이 보이지 않는 것은
더 불행하다. |

| 만나는 모든 사람에게서 무언가를 배우는 자가
가장 현명한 사람이다. |

| 강한 사람이란 스스로 자신을 억제할 수 있는 사람이다. |

| 강한 사람이란 적을 친구로 바꿀 수 있는 사람이다. |

| 부자란, 자신이 갖고 있는 것에 만족할 수 있는 사람이다. |

| 다른 사람을 칭찬할 줄 아는 사람은 가장 칭찬받을 만한
사람이다. |

| 진실은 무거운 것이다. 그래서 젊은 사람들만이 그것을
나를 수 있다. |

평가

| 유태인들에게는 인간을 평가하는 세 가지 기준이 있다. |

키소 | 지갑

코소 | 술잔

카소 | 분노

돈은 어떻게 사용하는가, 술 마시는 자세는 어떠한가,

인내심은 강한 사람인가?

| 인간은 네 가지 유형으로 나누어진다. |

1. 일반적인 유형 | 내 것은 내 것이고 네 것은 네 것이다.

2. 특별한 유형 | 내 것은 네 것이고 네 것은 내 것이다.

3. 정의감이 강한 유형 | 내 것은 네 것이고

　네 것도 네 것이다.

4. 악인의 유형 | 내 것은 내 것이고 네 것도 내 것이다.

| 현인에게는 일곱 가지 장점이 있다. |

첫째 | 자신보다 어진 사람 앞에서는 듣는다.

둘째 | 남이 이야기할 때는 방해하지 않는다.

셋째 | 대답하기 전에 먼저 생각한다.

넷째 | 화제와 관계있는 질문을 하고 도리에 맞게
　　　대답한다.

다섯째 | 처음에 해야 할 일과 나중에 해야 할 일을
　　　정확히 알고 행동한다.

여섯째 | 모르는 것은 모른다고 정직하게 말한다.

일곱째 | 진실을 항상 존중한다.

| 현인을 대하는 인간의 태도는 세 가지로 나누어진다. |

1. 스펀지형 | 무엇이든지 받아들이는 사람.

2. 터널형 | 한 귀로 듣고 한 귀로 흘려 버리는 사람.

3. 체형 | 중요한 것과 중요하지 않은 것을 구분해서
   듣는 사람.

| 인간에게는 세 가지 벗이 있다. |

그것은 자식과 부와 선행이다.

친구와 우정

| 아내를 선택할 때는 수준을 한 단계 내리고,
친구를 선택할 때는 수준을 한 단계 높여라. |

| 친구가 화났을 때 달래려고 하지 말고
슬픔에 잠겼을 때는 위로하려 하지 말라. |

| 만약 친구가 채소를 가지고 있다면 고기를 전해 주라. |

| 친구가 당신에게 꿀같이 달콤하더라도
그것을 전부 빨아먹지는 말라. |

여자

| 어떤 남자이든 여자의 요염함과 아름다움에는
저항하지 못한다. |

| 여자의 질투심에는 한 가지 원인만 있을 뿐이다. |

| 여자는 자기의 외모를 가장 소중하게 여긴다. |

| 여자는 남자보다 눈치가 빠르다. |

| 여자는 남자보다 정이 두텁다. |

| 여자는 불합리한 신앙에 빠지기 쉽다. |

| 사랑에 빠진 사람은 다른 사람의 충고에
귀 기울이지 않는다. |

| 여자가 술을 한 잔 마시는 것은 매우 좋다.
그러나 두 잔 마시면 품위를 잃고
세 잔째는 부도덕해지며,
네 잔째는 스스로 자멸해 버린다. |

| 정열로 인해 결혼을 하지만
정열은 결혼보다 오래가지 못한다. |

| 하느님이 최초에 만든 남자는 양성을 겸하고 있었다.
그러므로 남자의 몸에 여성 호르몬이 있고
여자의 몸에도 남성 호르몬이 있다. |

| 남자가 여자에게 이끌리는 것은 하느님이
남자의 갈비뼈로 여자를 만들었기 때문에
자신의 일부를 찾으려는 것이다. |

| 하느님이 최초의 여자를 남자의 머리로 만들지 않은
것은 여자가 남자를 지배하지 않도록 하기 위해서였다.
남자의 다리로 만들지 않은 것은 남자의 노예가
되어서도 안 되기 때문이었다. 갈비뼈로 여자를
만드신 것은 여자를 항상 남자의 마음 가까이에
있게 하기 위해서이다. |

술

| 술이 머리로 들어가면 비밀이 밀려 나온다. |

| 시중드는 사람이 상냥하면 어떤 술이라도 맛이 좋다. |

| 악마가 인간을 찾아가기가 너무 바쁠 때는
대신 술을 보낸다. |

| 포도주가 새 것일 때는 포도주의 맛이 난다.
그러나 오래되면 될수록 맛이 좋아진다.
지혜도 마찬가지이다. 해를 거듭할수록
지혜는 더욱더 농익어 간다. |

| 포도주는 금그릇이나 은그릇에서는 잘 만들어지지
않지만 지혜로 만든 그릇에서는 제맛을 낸다. |

가정

| 부부가 진정으로 사랑할 때는 칼날처럼 좁은
침대에서도 함께 잘 수 있다. 그러나 사이가 좋지 않을 때는 폭
이 16미터나 되는 넓은 침대일지라도 비좁다. |

| 세상에서 가장 행복한 사람은 좋은 아내를 맞이한
남자이다. |

| 남자는 결혼하면 죄가 늘어난다. |

| 아내를 이유 없이 괴롭히지 말라. 하느님은 그녀의
눈물방울을 세고 계신다. |

| 여자를 만나 보지 않고 결혼해서는 안 된다. |

| 모든 병 중에서 마음의 병만큼 고통스러운 것은 없고,
모든 악 중에서 악처만큼 나쁜 것은 없다. |

| 세상에서 그 무엇과도 바꿀 수 없는 것은 젊었을 때
결혼해서 함께 살아온 늙은 아내이다. |

| 여자를 고를 때는 겁쟁이가 돼라. |

| 자식을 기르면서 차별하지 말라. |

| 자식은 어릴 때는 엄하게 꾸짖고
자란 뒤에는 꾸짖지 말라. |

| 어린아이는 엄하게 가르쳐야 하지만
두려워하게 만들어서는 안 된다. |

| 자식을 꾸짖을 때는 따끔하게 꾸짖되
꾸짖음을 계속 반복해서는 안 된다. |

| 아이들은 부모의 말씨를 흉내 낸다. 아이의 말씨만으로
그 부모의 성품을 알 수 있다. |

| 자식과 약속한 것은 반드시 지켜라. 약속을 지키지
않으면 아이에게 거짓말을 가르치는 것과 같다. |

| 가정에서 부도덕한 행동은 과일에 벌레가 들어간
것처럼 모르는 사이에 퍼져 나간다. |

| 자녀에게 아버지는 존경받으면서도 두려운 존재가
되어야 한다. |

| 자녀가 아버지의 자리에 앉아서는 안 된다. |

| 아버지에게 말대꾸해서는 안 된다. |

| 아버지가 다른 사람과 논쟁할 때 상대방 편을
들어 주어서는 안 된다. |

| 자녀가 아버지를 공경하고 순종하는 것은
아버지가 자녀들을 위해 먹을 것과 입을 것을
장만해 주기 때문이다. |

돈

| 사람을 해치는 세 가지 원인이 있다. 근심, 말다툼,
빈 지갑이다. 그중에서 빈 지갑이 가장 크게 상처를
입힌다. |

| 육체의 모든 부분은 마음에 의지하고,
마음은 돈지갑에 의지하고 있다. |

| 돈은 물건을 사는 데 사용되어야지 술을 마시는 데
사용되어서는 안 된다. |

| 돈은 나쁜 것도 저주스러운 것도 아니다. 돈은 사람을
축복해 주는 물건이다. |

| 돈은 하느님이 장만해 놓은 선물을 살 기회를 준다. |

| 돈이나 물건은 그냥 주는 것보다 빌려 주는 것이 좋다.
그냥 주게 되면 받는 사람은 준 사람보다
밑에 있어야 하지만 빌리고 빌려 주는 사이는
어디까지나 대등한 입장이 된다. |

판사

| 판사의 자격은, 겸손하고 항상 선을 행하며
무엇이든지 결단을 내릴 만큼 용기가 있어야 하며
과거가 깨끗한 사람이어야 한다. |

| 극형을 선고하기 전에 판사는 자신의 목에 칼이
꽂힌다는 상상을 해 보아야 한다. |

| 판사는 진실과 평화 두 가지를 추구해야 한다.
만일 진실만을 쫓는다면 평화가 흔들리므로
진실도 잃지 않고 평화도 지킬 수 있는 길을
찾아야 한다. 그것은 곧 타협이다. |

성(性)

| 야다(YADA)란 히브리어로 섹스라는 뜻이다.
동시에 '상대방을 안다.'는 뜻도 갖는다.
성서에서 아담은 이브를 '알고서' 아들을 낳았다고
되어 있는데 '안다'는 것은 '성관계를 갖는다.'는 뜻도
겸하고 있다. 흔히 '사랑하는 것은 아는 것이다.'라고
말하는데, 여기서 사랑하는 것은 함께 자는 것이라고
해석할 수 있다. |

| 야다는 창조 행위이다. 이것 없이는 자기완성을
이룰 수 없다. |

| 성은 일생 동안 단 한 사람만을 상대로 해야 한다. |

| 성은 자연의 일부이다. 그러므로 성행위를
부자연스러워할 필요는 전혀 없다. |

| 성은 지극히 개인적인 관계에서 행해야 하고,
극히 다정한 분위기 속에서 이루어져야 한다. |

| 자신을 조절할 수 없을 때는 성행위를 하면 안 된다. |

| 아내가 원하지 않을 때 성행위를 해서는 안 된다.
아내가 하고 싶은 마음이 없을 때 남편이 성행위를
요구하는 것은 금지되어 있다. |

교육

| 사람은 학교가 없는 고장에서 살 수 없다. |

| 향수 가게에 들어가면 향수를 사지 않고 나와도
향수 냄새가 난다. 가죽 가게에 들어갔다 나오면
가죽을 사지 않더라도 가죽 냄새가 난다. |

| 기억을 증진시키는 가장 좋은 약은
감탄하게 만드는 것이다. |

| 칼을 가지고 선 자는 책을 가지고 서지 못하고,
책을 가지고 선 자는 칼을 가지고 서지 못한다. |

| 나를 아는 것이 최고의 지식이다. |

| 의사의 충고를 따르면 의사에게 돈 낼 필요가 없어진다. |

| 귀한 진주를 잃어버리면 그것을 찾는 데
하찮은 양초가 사용된다. |

| 어린이를 가르친다는 것은 백지에 무엇인가를 쓰는
것과 같고, 나이 든 사람을 가르친다는 것은 글씨가
빼곡히 쓰인 종이에서 여백을 찾아 써넣는 것과 같다. |

| 고양이에게서 겸손함을 배우고, 개미에게서 정직함을
배우며, 비둘기에게서는 절개를 배우고, 수탉에게서는
재산의 권리를 배울 수 있다. |

| 지식이란 얕으면 곧 잊혀진다. |

| 가난한 사람의 아들을 칭송하라. 그들이 인류에게
지혜를 가져다줄 것이다. |

악(惡)

| 인간이 만약 악한 충동이 없다면 집도 짓지 않고,
아내도 얻지 않고, 아이도 낳지 않고,
일도 하지 않을 것이다. |

| 이 세상에 선한 일만 하는 사람이란 없다.
반드시 나쁜 일도 한다. |

| 악의 충동은 처음에는 매우 달콤하다.
그러나 그것이 끝났을 때는 대단히 쓰다. |

| 인간은 열세 살 무렵부터 내면의 악한 충동이
선에 대한 충동보다 점점 강하게 된다. |

| 죄는 태아 때부터 인간의 마음속에 싹터
인간이 자람에 따라 강하게 된다. |

| 죄는 미워하되 인간은 미워하지 말라. |

| 죄는 처음에는 거미줄처럼 약하지만 나중에는
배를 매어 두는 밧줄같이 굵어진다. |

| 악에 대한 충동은 구리와 같아서 불 속에 있을 때는
어떤 모양으로도 만들 수가 있다. |

| 악에 대한 충동에 사로잡히거든 그것을 쫓아내기
위해서 무엇인가 배우기 시작하라. |

| 다른 사람들보다 뛰어난 사람은 악에 대한 충동도
그만큼 강하다. |

| 죄는 처음에는 나그네이다. 그러나 그대로 두면
주인을 쫓아내고 주인이 된다. |

동물

| 여우의 머리가 되기보다는 사자의 꼬리가 되라. |

| 고양이와 쥐도 함께 먹이를 먹는 동안은 싸우지 않는다. |

| 한 마리의 개가 짖기 시작하면 모든 개가 따라 짖는다. |

| 동물들은 자기와 같은 종류의 동물들과만 어울려
생활한다. 늑대는 결코 양과 어울리지 않고
하이에나도 개와 어울리지 않는다.
부자와 가난한 사람도 이와 마찬가지이다. |

중상 (中傷)

| 중상은 살인보다 위험하다. 살인은 한 사람밖에
죽이지 않지만 중상은 반드시 세 사람을 죽인다.
중상하는 자신과 그것을 막지 않고 듣고 있는 사람,
그리고 중상의 대상자이다. |

| 중상은 무기로 사람을 해치는 것보다 더 죄가 무겁다.
무기는 거리가 가까워 닿아야만 상대방을 해칠 수
있지만 중상은 멀리 있는 사람도 해칠 수 있기 때문이다. |

| 불타고 있는 장작에 물을 부으면 숯까지 차갑게 되지만
중상으로 화난 사람의 마음속 불은 아무리 사과를 해도
끌 수가 없다. |

| 아무리 마음이 선하더라도 입이 험한 사람은 훌륭한
궁전 근처에 악취 나는 가죽 가게가 있는 것과 같다. |

| 손가락이 자유롭게 움직이는 것은 중상을 듣지 않기
위한 것이다. 중상이 들리면 급히 귀를 막아야 한다. |

| 물고기는 언제나 입으로 낚여진다. 인간도 역시
입 때문에 걸려든다. |

처세

| 선행에 대해 문을 닫아 버리면 다음에는 의사에게
문을 열게 된다. |

| 좋은 항아리가 있으면 즉시 사용하라. 내일이면
깨져 버릴지도 모르니까. |

| 올바른 사람은 자신의 욕망을 조정하지만
그릇된 사람은 욕망에 지배당한다. |

| 남의 자선으로 살기보다는 가난하게 사는 편이 낫다. |

| 남 앞에서 부끄러워하는 사람과 자기 자신 앞에서
부끄러워하는 사람 사이에는 큰 차이가 있다. |

| 세상에는 도가 지나치면 안 되는 여덟 가지가 있다.
여행, 여자친구, 돈, 일, 술, 잠, 약 그리고 향료이다. |

| 세상에는 지나치게 사용해서는 안 되는 것 세 가지가 있다. 빵의 이스트, 소금, 망설임이다. |

| 한 개의 동전이 들어 있는 항아리는 요란한 소리를 내지만 동전이 가득 든 항아리는 소리가 나지 않는다. |

| 전당포는 과부와 어린이의 물건을 받아서는 안 된다. |

| 명성을 얻으려고 달려가는 사람은 그것을 따라잡지 못한다. 그러나 명성을 피해서 도망가는 사람은 명성에게 붙들린다. |

| 물건을 훔쳐 나오지 않았을 때 도둑은 자신이 정직하다고 생각한다. |

| 결혼의 목적은 기쁨이요, 조객의 목적은 침묵이요,
강의의 목적은 듣는 것이요, 방문할 때의 목적은
빨리 도착하는 것이요, 가르치는 목적은 집중이요,
단식의 목적은 그 돈으로 자선을 베푸는 일이다. |

| 사람의 몸에는 쓸모 있는 여섯 부분이 있다. 그중에서
세 개는 인간의 힘으로 지배할 수 없지만 세 군데는
자신의 마음대로 할 수 있다. 전자는 눈과 귀와 코이고
후자는 입과 손과 발이다. |

| 당신의 혀에게 '나는 모른다.'는 말을 열심히 가르쳐라. |

| 장미꽃은 가시 틈에서 자란다. |

| 무료로 처방해 주는 의사의 충고는 듣지 말라. |

| 항아리를 보지 말고 그 안에 들어 있는 내용물을 보라. |

| 행동은 말보다 목소리가 크다. |

| 이제 열리기 시작한 오이를 보고 다 자란 뒤의 맛을
속단하지 말라. |

| 나무는 열매로 평가되고 사람은 업적으로 평가된다. |

| 남에게서 칭찬받는 것은 좋지만 스스로 자신을
칭찬하지는 말라. |

| 훌륭한 인물이 아랫사람의 말을 듣고, 노인이 젊은
사람의 말에 귀 기울이는 사회는 축복을 받을 것이다. |

| 사람을 빨리 늙게 하는 네 가지 원인은
공포, 분노, 자녀, 악처이다. |

| 사람의 마음을 가라앉혀 주는 세 가지는
명곡, 조용한 풍경, 좋은 향기이다. |

| 사람에게 자신을 갖게 해 주는 세 가지 조건은
좋은 가정, 좋은 처, 좋은 옷이다. |

| 아무리 부자라도 선행하지 않는 사람은 맛있는 요리를
차려 놓은 식탁에 소금이 없는 것과 같다. |

| 한 개의 촛불로 많은 양초의 불을 붙인다고 해서
처음의 촛불이 빛이 약해지는 것은 아니다. |

| 하느님이 칭찬하는 세 가지 유형의 사람이 있다. |
1. 물건을 주웠는데 주인에게 돌려주는 가난한 사람.
2. 남몰래 자기 수입의 10퍼센트를 가난한 자에게
   주는 부자.
3. 도시에 살고 있으면서 죄를 범하지 않는 독신자.

| 세상에 살고 있으나 살고 있다고 말할 수 없는
남자가 있다. 식사할 내 집이 없고, 항상 아내에게
핍박을 받으며, 몸 여기저기가 아파서 늘 괴로워하는
사람이다. |

| 일생에 단 한 번 양고기와 닭고기를 배불리 먹고
다른 날에는 굶주리는 것보다 일생 동안 양파만 먹고
사는 편이 낫다. |

| 자기를 지키는 것은 세 가지 경우를 제외하고는
모든 것에서 우선한다. 그러나 다음의 세 가지 경우에는 자기를
포기하고 목숨을 버리는 것이 더 낫다. |

1. 남을 죽일 때.

2. 불륜의 성관계를 가질 때.

3. 근친상간을 할 때.

| 상인이 해서는 안 되는 일이 있다. |

1. 과대선전.

2. 매점매석.

3. 저울을 속이는 일.

| 달콤한 과일에는 벌레가 많이 생기고,

재산이 많으면 근심도 많고,

여자가 많으면 잔소리도 많고,

여종이 많으면 풍기가 문란해지고,

하인이 많으면 도둑도 많이 맞게 되고,

스승보다 많이 배우면 인생은 더욱 풍부해지고,

명상을 오래 하면 지혜도 많아지고,

사람을 만나 유익한 이야기를 들으면 좋은 길이 열리고,

자선을 많이 베풀면 그만큼 널리 평화가 이루어진다. |

| 남들이 옷을 입고 있을 때는 벌거벗지 말라.
남들이 모두 벗고 있을 때는 옷을 입지 말라.
남들이 모두 앉아 있을 때는 서 있지 말라.
남들이 모두 울고 있을 때는 웃지 말라.
남들이 모두 웃고 있을 때는 울지 말라. |

4

탈무드란 무엇일까

수난의 책

탈무드는 AD 500년에 바빌로니아에서 처음으로 편찬되기 시작했다. 1334년에 손으로 쓴 『탈무드』가 현재 가장 오래된 것이며, 최초로 인쇄되기 시작한 것은 1520년에 베니스에서였다.

1244년, 파리에 있던 모든 『탈무드』는 기독교도에 의해 수레에 실려 불태워졌다. 1415년에는 유태인들이 『탈무드』를 읽는 것이 법으로 금지되었고, 1520년에는 로마에서 모든 탈무드가 압수되어 불태워졌다.

이런 일을 했던 사람들은 탈무드를 전혀 읽지 않아서 『탈무드』가 무엇인지도 모르고 무조건 싫어했기 때문이다. 그후 1533년, 1555년, 1559년, 1566년, 1592년, 1597년에도 탈무드는 계속 불태워졌다.

1562년에 카톨릭 교회는 『탈무드』 내용 중에서 기독교 비판이나 비유태인에 관한 내용은 전부 찢어 내기도 했다. 그러므로 현존하는 『탈무드』가 원형 그대로는 아닌 것이다. 몇백 년 동안 잃어버렸던 탈무드가 발견되어 복구되기도 했지만 아직도 문맥이 연결되지 않는 부분들도 많다.

유태인들에게 있어 공부는 인생의 최대 목적이다. 그들이 가장 중요하게 생각하는 일은 하느님의 뜻을 실행하는 것인데, 그것을 가르치는 『탈무드』를 공부하지 않고는 살아갈 수가 없었다. 『탈무드』는 지식을 쌓는 공부가 아니라 하느님을 찬양하는, 유태인으로서는 최고의 공부인 것이다.

유태 속담에 '공부는 올바른 행동을 만든다.'는 말이 있다. 고대 이스라엘의 마을이나 도시는 그곳에 있는 학교의 이름에 의해서 널리 알려졌는데 교회는 공부를 하는 곳이기도 했다.

로마인은 유태인을 비유태화하기 위해서 탈무드의 연구를 금지시켰다. 『탈무드』를 공부하지 않는 유태인은 이미 유태인이 아니었기 때문이다. 그러나 지식은 모든 것을 이겨 내는 힘을 갖고 있었으므로 많은 유태인들은 죽음을 당하면서도 탈무드를 지켜 냈다.

오늘날에도 유태인들은 아침에 일하러 가기 전에 『탈무드』를 공부하고, 점심 시간이나 저녁 식사 후, 또는 버스나 지하철 속에서도 공부한다. 또한 안식일이면 몇 시간 동안 『탈무드』를 공부하기도 한다. 20권의 『탈무드』 중에서 단 한 권만 다 보았어도 그들은 친지들과 더불어 축하 파티를 연다.

유태인들에게 카톨릭에서의 교황처럼 최고의 권위자는 없지만 『탈무드』가 그 자리를 대신한다. 『탈무드』를 어느 만큼 연구했느냐에 따라 권위가 척도되어서 『탈무드』의 내용을 가장 많이 터득한 사람을 랍비라 칭한다. 그래서 랍비야말로 가장 권위 있는 인물로 여겨지는 것이다.

탈무드의 구성

　탈무드는 농업, 제사, 여자, 민법, 사원, 순결, 불순의 차례로 총 6부로 이루어져 있다.

　탈무드는 전해져 내려오는 옛 가르침이나 약속 등의 내용을 기록한 미슈나로부터 시작된다. 미슈나는 AD 200년 이후에 구성되었는데 500그램 정도 되는 아주 작은 책이다. 미슈나에는 토론이 없는데, 미슈나에서 발전된 논의나 토론이 바로 『탈무드』이다. 이 토론은 반드시 할라카(Halakah)와 하가다(Haggadah)로 나누어져 있다.

　유태 민족은 종교에 심취해 있고, 종교 계율을 가장 엄격하게 지키는 사람들이라고 흔히 말한다. 그러나 유태인의 말에는 종교라는 단어가 없다. 생활 전체가 모두 종교이므로 특별하게 어떤 것을 종교라고 부를 필요가 없었던 것이다.

　할라카는 인간의 모든 행동을 거룩하게 만들기 위한 유태인의 생활양식이라고 할 수 있다. 제사, 건강, 예술, 식사, 대화, 인간관계 등 모든 생활을 규정하고 있다.

　기독교도는 기독교를 믿음으로써 기독교도가 되지만, 유태인은 오직 행동으로서 유태인답게 됨을 뜻한다.

하가다는 『탈무드』의 3분의 1을 차지한다. 철학, 역사, 도덕, 시, 격언, 성서해설, 과학, 의학, 수학, 천문학, 심리학, 형이상학 등 인간의 모든 지식이 포함되어 있다.

랍비란 누구일까?

로마는 유태 민족을 지배할 당시 유태인을 멸절시키기 위해 여러 가지 방법을 사용했다. 유태 학교를 폐쇄하거나 예배를 금지시키고, 책을 불태워 버리며, 유태인의 여러 축제일을 금지하고, 랍비를 양성하지 못하게 했다.

랍비가 교육을 마치면 랍비 임명식을 하는데 로마는 이 임명식에 참석한 유태인은 모두 사형에 처하고, 그런 일이 있는 도시나 마을까지도 멸절시켜 버리겠다고 포고령을 내렸다.

이것은 당시 로마가 취한 여러 가지 방법 중에서 가장 효과적이고 그만큼 잔혹한 것이었다. 랍비는 마을이 파괴되는 데 따른 책임감을 느끼게 되고, 랍비가 없으면 유태 사회의 기능이 정지되기 때문이다. 랍비는 정신적인 지도자이며 변호사이고 의사였음을 로마인도 알고 있었던 것이다.

한 랍비가 로마인들의 계략을 간파하고는 다섯 명의 제자와 함께 산으로 들어갔다. 만약 발각될 경우 마을이 함께 파괴되는 것만은 피하기 위해서였다. 마을에서 꽤 멀리 떨어진 곳에 도착하자 랍비는 다섯 명의 제자를 새로운 랍비로 임명했다. 그러나 그들은 로마인에게 발각되고 말았다. 제자들은 걱정스럽게 물었다.

"선생님, 이제 선생님께서는 어떻게 되십니까?"

"나는 이만큼 살았으니 아무래도 상관없지만 그대들은 랍비의 역할을 지속시켜야만 한다. 그러니 어서 피하거라."

결국 다섯 명의 제자는 피했지만 나이 든 랍비는 체포되어 칼에 난자당한 채 죽고 말았다.

이 이야기는 유태 사회에서 랍비가 얼마나 중요한 존재인지를 상징적으로 알려 주기에 충분하다. 랍비 사이에는 상하 관계나 서열이 없고 랍비들만의 단체도 없다. 물론 어떤 랍비가 다른 랍비보다 더 현명하다고 판단되면 그가 더 까다로운 문제에 답하거나 어려운 의식을 진행하기도 한다.

오늘날 이스라엘의 종교 학교에서는 9세에 탈무드 공부를 시작해서 고등학교를 졸업한 후에는 탈무드만을 가르친다. 탈무드를 10년 내지 15년간 연구하는 셈이다.

미국에서 랍비 양성학교에 입학하려면 우선 일반 대학교의 학사학위를 받아야 한다. 랍비 양성학교는 대학원에 해당되기 때문이다. 그곳에서는 4년 내지 6년 동안 공부하게 되는데 탈무드를 중간부터 공부하게 된다. 이미 많은 것을 공부했을 거라고 인정하기 때문이며, 따라서 입학시험도 매우 엄격하고 까다롭다.

입학시험 과목은 성서, 히브리어, 아랍어, 역사, 유태, 문화, 법률, 탈무드, 심리학, 설교학, 교육학, 처세 철학, 철학 등과 몇 편의 논문을 써야 한다. 뿐만 아니라 졸업할 때는 그동안 배운 것에 대한 마지막 시험을 치르게 된다.

수업 시간의 반 이상이 소용될 만큼 교과 과목 중에서 가장 기본적이고 중심이 되는 것은 탈무드이다.

다른 과목은 일반 교수가 강의하지만 『탈무드』 강사만은 뛰어난 인격자로 선택된다. 탈무드의 표현을 빌면, 왼손으로는 학생을 엄하게 훈련하고 오른손으로는 포근히 감싸 줄 수 있는 재능을 가진 사람이어야 한다.

학생들 또한 『탈무드』 교수에게 보이는 반응은 사뭇 다르다. 탈무드는 두 사람이 한조가 되어 3년 동안 같은 책상에서 공부하게 되는데, 혼자 큰 소리로 낭독하거나 함께 읽기도 한다.

『탈무드』를 가르치는 교수는 절대로 공부하는 법을 알려 주지 않으므로 스스로 연구해야만 한다. 먼저 혼자서 『탈무드』를 탐구하고 문제를 푼 다음 두 사람이 모이는 교실로 가는 것이다. 『탈무드』는 그 속에 담긴 진정한 의미를 마음으로 파악해야 하기 때문에 1시간 수업을 받기 위해서 학생들은 4시간 이상 학습 준비를 한다. 고학년이 되면 무려 20시간 정도 준비를 하기도 한다.

『탈무드』는 이야기의 큰 줄기만을 말해 준 채 어떻게 공부해야 하는지 정도만 제시해 줄 뿐이다. 저학년 학생들은 모두 책상 앞에 둘러앉아 이야기하고 교수는 다른 책상에 앉아 듣고만 있다. 물론 수업 중에 질문할 수는 있다. 『탈무드』 수업은 반드시 그리스어와 라틴어를 배워야만 할 수 있고 또한 로마의 문화에도 정통해야만 한다.

학생이 독신일 경우 랍비가 되기 전에 기숙사 생활을 한다. 대개 1백 명 정도의 학생이 기숙사 생활을 하면서 함께 식사하고 함께 이야기를 나눈다. 밤이면 농구 같은 운동을 즐기기도 한다. 사회와 격리되어 있는 수도원과는 전혀 다른 분위기인 것이다.

졸업 후에는 2년 동안 학교에 봉사해야 한다. 이 기간에 종군 랍비가 되거나 랍비가 없는 고장에 가서 봉사해도 좋다. 이후에는 두 가지 길을 선택할 수가 있는데, 하나는 대학에서 가르치는 일이고, 또 하나는 유태인 사회의 랍비가 되는 것이다.

각 교구는 완전히 독립되어 있으므로 가톨릭처럼 전근을 가는 일은 전혀 없다. 랍비가 없는 지역에서 어느 정도의 보수를 제안하며 양성학교에 랍비를 보내 달라는 편지를 보내오면 졸업을 앞둔 랍비 중에서 사무국에 신청을 하게 된다. 그러면 그는 그 지역에 가서 면접시험을 치러야 한다.

그 지역에서 그를 랍비로 채용하느냐 안 하느냐는 자유이고, 랍비가 그 지역에 부임하느냐 안 하느냐 하는 것 역시 자유이다. 지역에서는 몇 명의 랍비를 만나 볼 수 있고, 랍비도 여러 지역을 들러 보고 결정하는 것이다. 양측이 서로 합의가 될 경우에는 그 지역의 교회에 속한 랍비가 되는 것이다. 계약은 일반적으로 2년간이고 보수나 기타 조건은 랍비와 지역이 자체적으로 계약을 맺는다.

유태인은 교회가 없는 곳에서는 살지 않는다. 그들에게 교회는 아침에 일어나 세수하고 식사를 하듯 당연히 있어야 하는 것이며, 교회를 세우는 것은 아이를 가르치는 학교를 세우는 것과 같은 의미이다. 대체로 유태인 수가 20가구 정도 되면 교회를 세우고 랍비를 초빙한다. 한 지역 사회에 여러 명의 랍비가 있을 수도 있지만 그것은 지역 사회에 거주하는 유태인 수에 따라 결정된다.

지역 사회의 재원은 기본적으로 가구당 일정한 분담금에 의존하며, 그외에 부유한 사람은 기부금을 내기도 한다.

오늘날 랍비는 유태인 학교의 책임자이며 교회의 관리자이며 설교자이다. 모든 사람을 대신해서 유태 전통을 공부해서 유태인 사회에서 일어난 모든 문제를 해결하는 사람이다. 아이가 태어나면 축복하고, 죽으면 매장하며 결혼하거나 이혼하면 입회한다. 경사나 흉사나 항상 참석하는 학자인 동시에 목사인 것이다.

15세기까지 랍비는 무보수였기 때문에 대개 다른 직업을 갖고 있었지만 그 이후부터는 지역 사회에서 봉급을 주기 시작했다.

'랍비'라는 단어는 AD 1세기경부터 사용하기 시작했는데, 히브리어로 '교사'라는 의미를 갖고 있으며 영어로는 '랍바이(Rabbai)'라고 한다.

유태교에서 시간 개념은 매우 중요하게 여기지만 공간 개념은 그다지 중요하게 여기지 않는다. 따라서 카톨릭에서처럼 성역이란 개념은 따로 없고 다만 랍비만 성인이라고 불릴 뿐이다.

지혜는 어디에서 오는가?

『탈무드』가 무엇인지, 어떻게 해서 만들어졌는지, 어떤 책인지를 설명하기란 매우 어렵다. 간단하게 설명하려 하면 탈무드의 본질을 왜곡할 수 있고, 자세하게 설명하려 하면 끝이 없기 때문이다.

『탈무드』는 단순한 책이 아닌, 심오하고 방대한 문학이다. 1만 2천 페이지에 달하는 『탈무드』의 방대한 내용은 기원전 500년부터 기원후 500년까지 구전된 내용을 2천 명의 학자들이 10년 동안 편찬한 것이다. 이 『탈무드』는 현대의 우리들에게도 지대한 영향을 미치고 있는 유태인 5천 년의 지혜이며 다양한 정보의 원천이라고 할 수 있다.

『탈무드』는 역사책은 아니지만 역사에 대해 이야기하고 있으며, 법전은 아니지만 법에 대해 말하고 있다. 또한 인명사전은 아니지만 많은 인물에 대해 말하고 있다. 그리고 백과사전은 아니지만 백과사전과 똑같은 역할을 하고 있다.

사람이 살아가는 의의는 무엇인가? 인간의 위엄이란 무엇인가? 행복이란 무엇인가? 사랑이란 무엇인가? 그 해답은 5천 년에 걸친 유태인의 지적 자산이 농축되어 있는 『탈무드』에 모두

들어 있다.

『탈무드』는 진정한 의미에서의 훌륭한 문헌이요, 장엄하고 화려한 문화의 모자이크이다. 서구 문명을 낳은 문화 양식과 서구 문명의 사고방식을 이해하기 위해서는 반드시 『탈무드』를 읽어야만 한다.

『탈무드』의 원류는 구약성서이며 고대 유태인의 사상이라고 하기보다는 구약성서를 보완하고, 확장시킨 것이라 할 수 있다. 기독교인들은 예수의 출현 이후의 유태 문화를 모두 무시하고, 『탈무드』의 존재조차 인정하려 들지 않았다.

『탈무드』가 문헌으로 기록되기 전에는 랍비라고 일컬어지는 교사들의 입을 통해서 전파되었다. 그런 이유로『탈무드』의 내용 가운데 많은 부분이 질문과 대답의 형식으로 이루어져 있다.

내용의 범위 또한 매우 넓어서 온갖 주제가 히브리어와 아랍어로 전해졌다.『탈무드』가 처음 기록되었을 때는 구두점도 없고, 서문이나 후기도 없이 오로지 내용만으로 이루어진 것이었다.

시간이 지나면서『탈무드』는 매우 방대해지고, 산만해져 갔

다. 그러자 유태인들은 『탈무드』의 귀중한 부분들이 없어지는 것을 방지하기 위해서 여러 곳에 흩어져 있던 『탈무드』 전승자들을 한곳에 모이게 했는데, 이때 전승자 중에서 지나치게 머리가 뛰어난 사람들은 제외시켰다. 그들이 『탈무드』에 자신의 의견을 덧붙임으로써 왜곡시킬 것을 우려했기 때문이다.

그 이후 몇백 년간 여러 도시에서 편찬되어 오늘날에는 바빌로니아의 『탈무드』와 팔레스타인의 『탈무드』 두 가지가 존재하고 있다. 이중에서 바빌로니아 『탈무드』가 더 권위 있고 중요시되어 오늘날 『탈무드』라고 하면 대개 이것을 가리킨다.

『탈무드』 속의 주석(註釋)은 이스라엘어를 비롯해서 바빌로니아어, 프랑스어, 독일어, 스페인어, 북아프리카어, 터키어, 폴란드어, 러시아어, 이탈리아어, 영어, 중국어 등 여러 나라 언어로 쓰여 있다.

또한 『탈무드』의 새로운 인쇄판에서는 마지막 페이지를 반드시 백지로 남겨 두어 언제라도 덧붙여 쓸 수 있다는 영원성을 상징하고 있다.

『탈무드』는 읽는 것이 아니라 배우는 것이다. 『탈무드』를 제대로 이해하고 파악한다면 인생의 경험이 풍부해지고, 사고방식을 확립하는 데 많은 도움이 될 것이다. 사고 능력이나 정신을 단련시키는 데 있어서 이만큼 좋은 책은 없는 것 같다.

『탈무드』는 '유태인의 혼'이라고 말할 수 있다. 『탈무드』는 오랜 기간 흩어져 살며 박해받았던 유태인들을 하나로 결속시켜 주는 역할을 했다. 오늘날 모든 유태인들이 탈무드의 연구자라고 말할 수는 없다. 하지만 그들이 정신적인 자양분과 생활 규범을 『탈무드』에서 얻고 있는 것은 사실이다. 『탈무드』는 유태인의 생활의 일부로서 유태인이 『탈무드』를 지켜 왔다기보다는 『탈무드』가 유태인을 지켜 주었다고 말할 수 있다.

본래 『탈무드』란 말은 '위대한 연구', '위대한 학문', '위대한 고전 연구'라는 의미를 가지고 있다. 『탈무드』는 어느 책을 펼쳐 보아도 반드시 둘째 페이지부터 시작되고 있다. 이것은 『탈무드』를 읽지 않았어도 독자는 이미 『탈무드』의 연구자임을 의미한다. 즉, 첫째 페이지에는 독자의 경험을 쓰기 위해 남겨지는 것이다.

유태인은 『탈무드』를 '바다'라고 부른다. 바다는 거대하고 온

갖 것이 다 들어 있으면서 그 밑은 무엇이 있는지 정확히 알 수 없을 만큼 끝이 없기 때문이다. 하지만 『탈무드』가 아무리 방대하다고 해서 포기해서는 안 된다.

『탈무드』가 아무리 위대하고 방대하다 해도 우리와 똑같은 인간이 만든 것이다. 그러니 똑같은 사람인 우리가 그것을 자기 것으로 만들지 못할 이유가 없다. 다만 사다리를 밟아 한 걸음씩 올라가듯 정진해야만 한다.

만약 여러분이 알고 있는 수백 명의 세계 위인들을 한자리에 모아 놓고 수백 시간 동안 토론한 내용을 녹음했다면 그것은 대단히 귀중한 자료임에 틀림없다. 그러나 『탈무드』는 그 이상의 충분한 가치를 지닌 내용으로 이루어져 있다. 독자는 『탈무드』의 한 페이지를 펼치는 순간 위대한 인물들이 천 년 동안 이야기해 온 진리의 소리를 들을 수 있게 될 것이다.